文豪野犬 1

太宰治的入社测试

[日]朝雾卡夫卡 / 著
[日]春河35 / 绘
陈玮 / 译

飞天出版传媒集团
甘肃文化出版社

毕竟,理想可不能吃啊!
——国木田独步《牛肉与马铃薯》

目录

序幕	001
一.	011
二.	058
幕间 一	084
三.	086
四.	195
幕间 二	221
结幕	226
后记	229

序幕

什么是理想?

这个问题有无数个答案。有人说它是语言,是思想,是万般意义的源泉。

在我看来,答案非常明确。

它就是写在我手册封面上的一个单词。

我的手册是万能的。它指引着我,像一枚指针,像一位君主,像一名预言者。有时会变成武器,有时还会变成钥匙。

理想。

这本手册上记载了我的一切。无论何时我都随身携带着这本手册,它就是我未来的全部。

从晚饭的菜单到五年后的搬家计划。

从明天的工作计划到各地白萝卜的最低价。

预定、计划、目的和指南。一切都被写在这本手册上,等待我去实现。

如果用夸张的说法来表现——这本写着"理想"的手册,就是我的未来预言书。

理想一直在那里。

我只需要向着它前进就行了。

只要我遵循手册上的计划,我的未来就可以处于自己的支配之下。

支配(掌控)未来。

多么耀眼的一句话啊。

然而——

无论理想再怎么耀眼,如果让它变成现实的道路遥遥无际,那么耀眼就等同于虚假,理想也等同于梦话。

因此,我在手册的第一页上,写着一句实现理想的最短心得。

"做自己该做的事。"

我的名字叫国木田独步。

既是一名生活在现实中的理想主义者,也是一名追寻着理想的现实主义者。

这是渴望实现理想的我,与某位命中注定要把理想搅和得一塌糊涂的新员工之间的——

激烈斗争的始末。

◦ ◦ ◦

十日。

吾之手册已开新篇二三日。

此间发生的要事如下。

○ 竹越君来访，与其月下漫步。

○ 黑客田口君回电，为国外舰船之事。

○ 食梨，味不甘。

切勿因小事而自寻烦恼。

但得万事成之于大道，吾无求也。

"站住！"

我正飞奔在横滨的大街上，追捕一个凶犯。

今天的商业街也一样人山人海。露天摊位招揽客人的热闹声音、街上行人们的吵吵嚷嚷，还有客人们跟店家砍价的说话声、轿车驶向四面八方的车轮声。就算街道的右边有人打架，街道左边的人肯定也不会注意到。

我从人群中间挤过去，追赶凶犯。

对方是个很恶劣的小毛贼。在珠宝店引发骚动，抢了商品逃走。虽然只是个小贼，但已经连续犯下了三起案件，让商业街再也不能坐视不理，于是委托我们抓到对方。

我追着从第四起案件的案发现场逃掉的小毛贼。对方跑得很快，而且速度一直没有慢下来。如果让他逃进没有商店的狭窄小巷就很难找到他了，所以我正努力地在嘈杂混乱的大街上穿梭。

"新来的，动作快点！"

我冲跑在我身后的同事叫道。

"国木田君，等我一下，我鞋带松了。"

"谁管你啊！快过来！"

后面的人懒洋洋地跟了上来，他是我工作上的同事，前不久刚入职的新人。

他的名字叫太宰治。

真是个假正经的名字。

"啊啊好累，国木田君你太快了，再跑慢一点啦，这样有害身体健康啊。"

"少说废话,快跑,你这个懒骨头!因为你我的胃已经够不健康的了!"

"恭喜!"

"闭嘴!"

这个姓太宰的男人,实力不明、经历不明、干劲微乎其微。极度我行我素,打乱我无数的计划。不仅如此,这家伙的兴趣还是——

"话说回来,国木田君,犯人要逃掉了耶。"

太宰的声音打断了我的思绪,我向前一看,那个逃犯推倒了一个摊子上的菜,然后正要左拐逃掉。

我不由得啧了一下声。

我在脑海里回想这一带的地图,他选择的逃亡路线前方是由一片围墙围成的狭窄住宅区,能让他藏身的地方或者可以逃进去的房子数不胜数。

"太宰!都怪你慢吞吞的,让他逃到那么麻烦的地方去了!"

"这不是挺好的嘛,正中我的下怀。先不说这个,我刚才发现了一个很了不得的东西,你想知道吗?"

"以后再说!"

"其实是一本叫《完全手册》的珍藏本,我一直在找这本书来着,刚才在一家旧书店的门前看到了——啊啊,我得快点回去,要不然该被别人买走了。"

我还没问,他就滔滔不绝地讲了起来。

"既然你这么想死,不如让我一枪毙了你吧?!"

听到我的怒吼,太宰道:

"咦,可以吗?真是麻烦你了啊。"

他面带笑容地害羞起来——明明这句话没什么好害羞的。

这个男人,对工作一点儿也不上心,却不分白天黑夜地想着去极乐世界。那是我完全无法想象的世界,但他非常轻松、毫不介意地日夜认真寻求将自己置于死地的方法。

这可怕的念头是什么玩意儿?

然而,不管搭档有多么非同寻常的兴趣爱好,不管他怎样在工作上拖我的后腿,我也不能让逮捕犯人的任务失败。

因为,我的手册上没有"委托失败"这四个字。

我追着犯人拐进了岔道。

弯弯曲曲的小路前方是昏暗的窄道,窄得只能容一个人通过。两侧都是篱笆,能看到旧宅的后院和水井之类的东西,洗好晾在屋前的衣物正随风飘扬。

我用手边的手机调出了周围的地图。屏幕上显示出标志着我们所在位置的亮点,以及周围的建筑物和与后门连通的路。窄窄的小路在住宅街纵横交错。而且,如果犯人笔直地往前跑,就会进入一个旧工厂区,那里有一排排上个年代的仓库。如果让他逃进那里躲起来,要想找到他可就不容易了。

我看到前方那名逃犯越来越小的背影，他的目的地也是仓库区吗？

"可恶！"

我不由得骂了一句。从这个距离来看，我们是怎么也追不上的。如果在这里放过他，总有一天会再次犯案，不仅委托我们的商店生意会受损，侦探社也会增加一个差评。

怎么办？要怎么办才好？

"好了，我们得快点解决这件事然后回去买书。只要不让那家伙逃掉就行了吧？"

太宰笑了笑。

接着，他长长地吸了一口气，用非常宏亮的声音喊道：

"着火啦！"

只见顷刻之间，犯人逃亡道路的前方冲出一群惊慌失措的居民。有拿着锅盖的妇女、睡眼惺忪的青年，还有夹着棋盘的老人。慌里慌张的居民们接二连三地出现，把那条窄路堵了个严实。

这回头疼的人变成了逃犯。

他被堵在路上的嘈杂人群挤了回来，陷入了进退两难的境地。就算想威胁别人为他让路，可大家都在忙着寻找火源，根本没人听他说话。他试图往回跑，却又被打开的栅栏门挡住了去路。

"怎么样？"

"蠢货！对方的确是停下来了，可我们也没法过去啊！"

"没事啦，不是有优秀能干的国木田独步侦探在这里嘛！好了，我已经把能让你大显身手的舞台准备好了，请打起精神上吧。"

等事情解决后我一定要把他的嘴缝上！

我打开常用的手册，迅速地书写文字。

我把写有"铁线枪"的那一页纸撕了下来，然后向其中注入念力。

"'独步吟客'——"

异能力。

这个能力究竟是如何发动的，我无法做出合理的解释，只能说，它就是这样发动的。为什么是手册的纸页？为什么会无视物理法则变换模样？没有人能从理论上解释这些。

被我撕下并注入念力的手册纸片，就跟我所写的文字一样，变成了一支铁线枪。

我跳上旁边的围墙，将铁线枪的枪口对准了犯人。

映入我眼帘的，是无路可退的逃犯为了威胁堵住去路的居民，正从怀里掏出手枪的一幕。

这种小地方的毛贼居然还有枪，这社会真是无可救药了。

总之，我不可能让他在这么多人的地方开枪！

我瞄准目标，扣下了铁线枪的扳机。

从铁线枪中射出一支鱼叉状的钩针,拖着钢丝尾巴冲目标飞去。

逃犯正要举起来的手枪就这么被我的钩针打飞了。不仅如此,钩针还顺势穿透了逃犯的袖子,将他钉在了背后的墙壁上。

"正中彩头(Jack Pot)。"

太宰吹了一声难听的口哨。

我卷起钢丝,蹬着围墙上跳起,踩着其他的围墙继续前进,从居民们的头上掠过,落在逃犯的面前。

我抬起头,几乎就在同时,逃犯从怀中抽出一把藏起来的短刀。在如此之近的距离下,短刀冲我砍了下来。

区区门外汉使用的刀子,就算我睡着了也刺不中我。

我轻轻偏了一下头,躲过刀子,然后顺便轻轻地按住了犯人的手肘和手腕。

就照这个动作,我拧住他的手腕,利用他挥刀的势头,反方向打了一下他的手肘。

逃犯飞到了空中。

他在空中划出一道高高的圆弧,接着上下颠倒着砸到了墙上,脸上还带着不知道发生了什么事的惊讶表情,便摔在地上晕了过去。

这是借对方的力将其扔出的技巧——天地摔。

目瞪口呆的居民们连声音也发不出来,只是来回地看着我和逃犯。

总算追上来的太宰面带笑容地对居民们说道：

"不好意思，吓着大家了，已经没事了。还有，火灾也是个误会。"

"你……你们，究竟……"一名居民问道。

我从口袋里取出侦探证高高举起，令在场所有人都能看到，然后说道：

"不必担心，我们是武装侦探社。"

一.

七日。

朝雨。

萧萧而寒若隆冬。

吾愿献身理想。

寄残生而成大道，不惧于苦，不怠于劳，不踟躇于惑，志于千里，一往而前。

是以吾当忠于责，奋于业，快哉！

爬上横滨港口附近的一个坡路，就能看到武装侦探社的事务所。

这是一栋砖瓦砌成的红褐色建筑物，有好些年代了，强劲的海风吹得雨水檐和电线杆锈迹斑斑。虽然外表很旧，结构却十分坚固，就算有暴徒从外面用机关枪扫射，内部也不会受一丝伤害。

至于为什么会如此肯定，是因为——曾经有人这么做过。

只不过，侦探社实际居住的地方只有这栋建筑的四楼而已，除此之外的楼层住的都是普通的租户。一楼是咖啡厅，二楼是法律事务所，三楼是放空的，五楼是五花八门的库房。在发薪日之前，我们经常去咖啡厅，而在工作中遇到麻烦时，则会去法律事务所寻求帮助。

我现在正搭着这座建筑物的电梯，去侦探社上班。

出了电梯，我来到武装侦探社事务所的门前。门上挂着一块牌子，上面写着几个朴素的毛笔字——"武装侦探社"。

我看了一眼手表。现在距离上班时间八点还有四十秒钟。

来得稍微有点早吗？

严格遵守时间是我的信条。在等待这四十秒钟的时候，我打开了手册再次确认今天的日程。虽然我已经在吃早饭的时候、从宿舍出发的时候、等红绿灯的时候各确认过一次了，但是多确认几次日程也不会死人。

我看过手册之后，又重新回味了一遍早已印在大脑里的预定事务，然后正了正衣领，再次看向手表。

……好。

"早上好。"

一.

我打开门。

"啊,国木田君,早啊!快看!出事了!"

打开门就看到太宰治站在门前,笑着。

"我啊,终于抵达了!啊啊,多么美妙的世界啊!这就是死后的世界,黄泉比良坂!跟我想象的一样,快看!青烟弥漫,布满了大地;月光洒落,打碎了门窗,还有粉红色的大象在西方的空中跳着舞!"

太宰用夸张的动作在事务所门前舞跳,真挡路。

"呵呵呵呵呵呵,《完全手册》果然是一部名著啊!没想到只不过吃了点长在后山路边的蘑菇,就能踏上这么愉快的理想之路!太棒了!呵呵呵……"

太宰的眼神十分涣散,瞳孔正在一点点地收缩着。

"国木田先生,请……请想想办法啊!"一名事务员眼泪汪汪地看着我。

看来,在还没到上班时间的时候他也是一直处于这种状态吧。

我看向太宰的桌子。

那上面摆着前几天他买来的亵渎神明的书籍——《完全手册》——呈摊开的状态。而摊开的那一页上的标题是《毒蘑菇》。在这本书旁边的盘子里,放着一块被咬过的蘑菇。

而且,仔细一看,它跟书上画着的蘑菇,有些细微的颜色差异。

"国木田君,你也到黄泉之国来嘛!看呐,酒水应有尽有,想吃什么都随便,还可以尽情地享受美女的体香!"

"国木田先生,请救救我们吧,我们实在是……"

总之,太宰吃下的并不是致死的毒蘑菇,而是"前往那个国度"的蘑菇吧。

然而,这跟我无关。

我每天早上上班之后都会按固定的顺序采取固定的行动。如果一天的开端不按照计划进行,那之后的工作可以按照计划进行吗?当然是不可能的。

我无视扭动着身体纠缠过来的太宰和向我哭诉的事务员,走向自己的桌子。

我用与平时分毫不差的动作把包放在桌上,打开电脑的电源,按照平时那样打开窗户。

"哇啊!窗外有一只巨大的海葵耶,国木田君!它在吃香蕉!它在吃香蕉啊!还把上面的白丝仔细地摘掉!"

我用与平时分毫不差的动作在杯子里冲了咖啡,丢掉前几天工作中的废弃文件。

"原来是这样,我知道了,要脱光,脱光才能赚到收视率!这不是很简单嘛,快脱快脱,然后全身穿上紧身衣裤!大家都穿着紧身衣裤去银行,在那里跳哥萨克舞蹈吧!"

我用与平时分毫不差的动作查看通讯架上的电报,喝了一口咖啡。

一.

"有声音……呜呜，有人，在我的脑袋里！……是一个小小的大叔！而且他还在低声对我说，让我去京都，去京都尝尝与众不同的最正宗的酱烤串……"

我一个回旋踢正中太宰的后脑勺。太宰狠狠地撞在了墙上，昏了过去。

◎ ◎ ◎

说起来——

这个若是去接受人类资格证考试，明显会得零分的男人，仅仅四天之前成为我的同事。

"新人入职？"

某一天，我在整理资料的时候被叫到了社长室。

说是雇用了新的调查员，让我照顾一下。

真意外。

虽说武装侦探社是以持刀动杖的危险工作来赚钱，但我还从来没有听说过调查员人手不足需要加人的事。就连我还有个副业——每周两天去一个叫新鹤谷学馆的学堂担任代数的讲师。

当然，最近需要武装人员的事件变多了，像是"苍旗恐怖分子"事件、"横滨来访者连续失踪"事件、与非法组织港口黑手党之间的冲突，等等。而且，严重到让主力调查员乱步前辈都无法完全帮忙解决的委托，也的确日益增加。社长是已经预料到了这些情况才做出这样的决断吗？

"我来给你介绍。进来。"

我短暂地沉思了一会儿之后，社长向门的另一头叫了一声。

"你好。"

我看到一个满脸笑容的男人走了进来。

他穿着沙色的外套和西式的翻领衬衣，个子很高又非常瘦，黑发乱蓬蓬的，一副不修边幅的打扮，相貌却十分清秀。他的脖子和手腕都缠着白色的绷带，这一点让我有些在意。

"太宰治，二十岁，请多关照。"

二十，和我同年啊。

"我是这里的职员，国木田。如果有什么不清楚的地方可以问我。"

"哦哦！原来是著名的武装侦探社调查员啊，好感动啊！"

自称太宰的男人强行抓着我的手握住，还夸张地摇了摇。

这时，我突然发现——这个男人的眼睛，瞬间闪过了一丝锐利的冷光。

像是在冷静地评估前辈，不对，像是连我的心理人格都看得一清二楚，仿佛云端的仙人一般——

然而，仙人的视线在眨眼之间就消失了，太宰又恢复了懒散的

模样。

是我看错了吗？是眼睛的错觉吗？

我调整了一下心绪，问道：

"那么，太宰，你为什么到这家侦探社来？这里可不是想进就能进的私塾啊。"

"是这么回事啦，我本来是个无业游民，闲得没事做就去酒馆喝酒，喝多了之后就跟人聊了起来。碰巧跟旁边的大叔聊得非常投机，他说要跟我比喝酒，如果我赢了的话就帮我介绍工作。我以为是开玩笑，就跟他比了，结果我赢了。"

那个大叔是谁啊？

"是异能特务科的种田老师，昨天到我们这里来了，跟我打了声招呼让我关照一下。"

社长认真地说道。

然而，他轻描淡写地提到的种田老师的名字，却让我屏住了呼吸。

提起内务省异能特务科的种田，他是普通市民完全不知道的国家特务机关要员，负责管理异能者和统一情报的工作。听说在社长成立武装侦探社的时候，也得到了种田老师的大力帮助。

就算是社长，也无法随便拒绝种田老师推荐的人物。

"前辈，今后就麻烦你了。"

不知道我们的新职员有没有看出我心中的想法，只见他露出洁

一.

白的牙齿微笑了起来。

❂ ❂ ❂

然而,不管他是不是内务省权威认可的大人物,大早上就吃蘑菇飞到那个世界去的行为实在是太给人添麻烦了。

今天是我与太宰搭档的第三天。

精神一刻也没得休息,工作完全没有进展,投诉的电话一直在不断增加。

我才一眼没看到他,他就说要投河自尽而跳进河里,或者说要去送信而跑去酒馆喝酒,要不然就是说得到了天启然后去勾搭美女。任性自我的行为一点儿也不像二十岁的人,打乱了我无数计划。

话虽如此,但工作是工作,部下是部下。既然社长下令让我照顾他,才过了三天我就叫苦的话,先不说辜负了社长的信任,这本身就违背了身为侦探社员的尊严。

"新人怎么样?"

在侦探社附近的棋室,社长坐在一个铺着榻榻米的小房间里,一边落下棋子,一边问道。

"巨大灾难。就好比恶魔、恶鬼与穷神的合体。"

我将黑子落在柏木棋盘之上,木纹随之响起了棋子撞击的声音。

"不过,我会想办法的。"

下班后,我和社长在常来的棋室下棋。和室中只有我们两个人围着棋盘正襟对坐。

"抱歉啊。"

社长落下一枚白子,让我之前呈现优势的右边又重新陷入了困境。

"没事,毕竟还有种田老师的关系。不过……老师为什么会把那样的男人介绍到侦探社呢?"

我一边跟社长聊天,一边寻求解围的方法。要针对右下角的白地"做劫"吗——不,二手"消劫"已经是最大限度了。就算我在左边顽抗,黑子的势力也会延伸到中央地带,然后结束棋局。已经无路可走了。看来我要和社长以"互先"的方式下棋还为时过早啊。

(注:"做劫""消劫""互先"均为围棋用语。)

"种田老师虽然性格奔放,但看人看事的眼光还是非常准的。或许是看出了那个年轻人非凡的才能吧。"

的确,听传言说,种田老师的鉴定眼力可谓是绝无仅有。否则也不可能担任内务省特务机关的指挥大任。

不过——"非凡的才能"?那个仿佛右耳和左耳之间塞满了泥水的男人?

"我与种田老师意见相同。太宰在入社测试时,笔试与实地考试全部满分。他非常优秀,甚至优秀得有些危险。"

一.

"危险……是指？"

"我找事务员调查过太宰的过去，却是一片空白，什么也没有查到。我又拜托了军警谍报部的老朋友调查，可也什么都没有调查出来，实在太不正常了。简直就像是有人为了慎重起见，将他的过去全部抹消了一般。"

竟然连军警的谍报部都查不到他的过去，那的确是很异常。

"有没有可能他真的什么都没有做过，一直都无所事事的呢？"

"或许吧。否则的话——"

社长的眉头皱得比平时还要深，然后继续说道：

"你打听过太宰拥有的异能力吗？"

"还没有。"

这么一说，我虽然听说过他是异能力者，但还没有问过具体有什么样的能力。

"太宰的异能力，是一种'可以使碰触到的所有异能力变为无效'的力量。"

我怀疑自己听错了。

异能力无效化。乍一看没有任何闪光点的朴素能力，却是异能之中的异能，根据使用方法，甚至可以摧毁一个异能组织。

我的异能力"独步吟客"，是在手册的纸页上书写文字，撕掉这页注入念力，就可以使所写的东西变成实体，但无法变出超过手册尺寸的物体。虽然这个能力经常得到适用性很高、很优秀的评价，即便如此,还是没有超出"便利"的范围。因为如果有什么东西是必要的,那从一开始带上就可以了。

可太宰的异能力不同。

理论上来说,应该有无数敌人只能靠太宰的能力来打倒。即使是世界上最强的异能者,在太宰面前也只不过是一个平凡人。

就算各国的异能者组织都跑到这里来挖人也不奇怪了。

我渐渐理解了社长想说的话。

"也就是说……是这个意思吗?在大人物种田老师喝酒的座位旁,碰巧坐着这么一位奇才异能者,他们碰巧十分投缘,而这个言行奇怪但头脑聪明得可以在笔试中得到满分的男人现在碰巧没有工作,他们聊着聊着就聊到了用一般门路无法进入的武装侦探社,然后顺利地成为了这里的职员。您觉得——这一切都太巧了?"

"可能是我想多了。不过,武装侦探社也有很多省厅、军警的人脉。因为职业的关系,也会接触到有关国家机密的大量情报。"

的确,如果他是犯罪组织的一员,那么对他来说,与警察机构合作的侦探社是最适合潜入的地方,不仅容易进入,还非常方便。

可是——太宰有可能是潜入侦探社的间谍吗?

还精明到能骗过那么杰出的种田老师?

那个太宰?

"国木田,我想拜托你负责他的'入社测试'。"

我点点头。社长所说的"入社测试",是侦探社给每一代调查

一.

员都布置的考试,简单说来就是"暗中审查"。如果没通过这个考试,就不能被认同为真正的职员。

"让太宰跟着你工作,看清楚他是不是有真才实学。如果他有间谍、密探、情报员的嫌疑,就不必犹豫,直接开除。还有,最重要的是,如果发觉他的心里有邪恶、奸凶的征兆——"

社长从身后的口袋里取出一把黑色的自动手枪,将其递给我。

"……"

我一言不发地接过枪。

好重。

"你就杀了他。"

"是。"

如果太宰参与了某些阴谋诡计,那就要在他得逞之前阻止他,这就是侦探社的职责。

持有武装侦探社侦探证的人,被授予了非正式警察的权限,可以有条件地携带手枪和刀具,也能够从警察组织中获取情报。最关键的是,如果有意愿,还能做各种坏事,例如扰乱当局搜查、篡改警察情报、窃听盗摄重要设施等。最糟糕的情况是以恐怖分子的身份对重要设施进行破坏工作,夺走成百上千条人命都是有可能的。

铁制的自动手枪在我的手里冷冰冰地沉默着。

◦ ◦ ◦

入海口泛起阵阵涟漪,倒映着融融月光。

我走在横滨港湾对面的人群中。海浪的声音与黄昏的喧嚣竞相,月亮的光芒与街上的灯火相争。

在我的身后,太宰蹦蹦跳跳地跟了上来。

太宰的毒蘑菇之乱浪费了半天的时间,这才好不容易跟着我一起来工作。

"国木田君,之前你露了一手你的异能力——是叫'独步吟客'吧?再让我看看嘛。"

"我拒绝。异能力不是可以随便拿出来给人欣赏的东西。而且我的异能力每使用一次就要消耗一页手册。这个手册是某位工匠每年只生产一百册的限量品,价格也是特定的。谁会用这个来给你表演啊!"

我看了一眼手表,回头道:

"比起这个,太宰,你稍微走快一点,我们比约定的时间晚了。"

"说什么时间,国木田君,我记得你没有跟对方约好去情报店的具体时间吧?"

"不,我在电话里说过了,'十九点左右'。"

"那现在刚好十九点啊,从这里走到目的地也就五分钟,不会迟到啦。"

一．

"笨蛋！既然说是'十九点左右'，那在我的表上当然就意味着从18：59：50到19：00：10之间的二十秒钟了！"

"只有你才有这样的表……"

太宰不高兴地嘟囔着走了过来。

顺便说一下，我的手表在我每天早上起床的同时，会通过专用装置与标准时间进行同步，所以误差不超过一秒钟。

"不知道是谁吃了毒蘑菇，害得一整天都没有做成工作。下次再也不要吃那种东西了，要吃就去吃保证致死的那种。"

"哎呀，那真是一段快乐的时光啊。"

"你已经正常了吧，还会看到天上有粉红色的大象吗？"

"大象？你傻了吗，那种生物怎么可能会飞。飞在天上的是紫色的草履虫啦。"（注：在日语中，"大象"和"草履虫"的第一个发音相同。）

这家伙可能已经没救了。

每次和太宰对话，我都觉得自己的怀疑好像白痴一样。

这个男人是间谍？邪恶？

他能做出来的坏事，最多就是冲到铁路上打乱列车的运行时刻表吧。

话虽如此，要是太宰只是个要宝的废物那就简单多了，只要把他开除了就行，这样也正合我意，但是——

"太宰，你还记得我们接下来要去处理的委托吧。"

"消灭紫色的草履虫。"

"……我刚才就隐隐约约这么觉得了,你该不会是故意这么说的吧?"

"啊哈哈……是'**鬼屋调查**',对吧?"

听到太宰爽快地笑着说出来的话,我不禁皱起了眉。

昨天,我收到了一封写有委托的电子邮件,内容是这样的。

谨启

各位武装侦探社社员,恭祝大家贵体愈益康健。

此次敝人特别有件事要恳求武装侦探社,尽管深知大家身处百忙之中,仍决定执笔写下此信。

其实,敝人想委托各位调查一件事,关于某栋建筑物中每夜都会发生的离奇事件。

那栋建筑物虽无人使用,每夜却传出诡异的呻吟声、低语声,且窗内不时闪现微弱的光亮,令住在附近的我等皆心生不安。

敝人清楚这个委托十分失礼,但还是想麻烦各位帮忙调查此事是否为他人之恶作剧,若不是,那么究竟为何、是如何办到的。倘若各位答应,感激不尽。

敝人已经由其他途径将委托费送至贵处,数目虽不大,还望查收。

另外,关于这次的委托内容,敬请保守秘密,愿能答应敝人这个自私的请求。

一.

顺祝各位身体健康生活幸福。

敬白

信写得十分迂腐啰唆,重点似乎是要我们"帮忙调查从附近建筑物中传来的奇怪声音"。

收到这封信不久,委托费就以挂号信的方式寄到了侦探社。打开一看,里面的钱就算扣除计划经费,仍然比市价高出许多倍。

既然如此,就没有拒绝的理由了。于是我们便按照平时的做法开始调查。

然而——却有一个让我担心的地方。

没有委托人的名字。

委托人是谁,住在哪里,如何进行联络,没有名字就都无法知道了。也有可能是对方故意隐瞒自己的信息,可是这样的话,我们也没办法向对方汇报调查结果。

因此,我和太宰才落入了先一起去"寻找委托人"的境地。

"搞不好委托人也是充满怨念的恶鬼呢。它在鬼屋等着我们这些上当受骗的侦探,然后张大嘴巴一口将我们吞掉——"

"白痴,有哪个鬼故事写了鬼会发电子邮件的?"

不过,就算对方是鬼我也不怕。

我们一边闲聊着,一边前往港口的仓库街。红褐色的砖瓦仓库连成一片，在黑夜之中反射着月光浮现出来。

我们走进其中一间比其他仓库都小一圈的旧仓库。

天花板很高，墙壁上的水泥因为海风的侵蚀都剥落了，空气中混合着放置在仓库中的机器零件的铁锈味和机油味，以及陈旧的灰尘味。我按下了办公室的电铃。

伴随着敲打铁块一般的滑动声，电子锁被解除了。

"进来。"

屋里果然传来了尖锐的应答声。

我们穿过上了好几重远程锁的桦木门，然后进入了屋内。

这个房间大概不到二十帖榻榻米的大小（**注：相当于三十三平方米左右**），墙壁和地板上都堆积着电子器材，闪烁的二极管担任着昏暗房间的照明工作。

房间深处的中央摆着一排电脑，发出野狗低吼般的风扇声。桌上放着四块液晶屏，分别放映着不同的画面，散发出银白色的光。

"嗨，戴眼镜的，你今天也在任手册摆布吗？"

"别这么嚣张，情报贩子。只要我把公司的证据交到合适的地方，你后十年就要在监狱里度过了，已经过世的令尊一定会哭泣的。"

"少提我爸的事！"

这个将两条腿搭在桌子上身体向后仰的情报贩子，是个十四岁的少年。

他披散着头发，眼睛很大，身上仍穿着那唯一一件不分冬夏的

一.

白毛衣。个子虽然不高,眼神却像碎玻璃一样锐利。

"话说回来,你们可迟到了哦。挺少见的嘛,怎么,和这个约会去了?"少年竖起尾指坏笑道。(注:在日本,尾指代表女朋友或情妇。)

"怎么可能。约会是要与决定结婚的女子一起去的。而且我预定六年后结婚,手册的'将来规划'那页写着。"我一边翻手册一边回答道。

"怎么,戴眼镜的,你有决定要结婚的女人了?"

"我的计划是四年后才有。"

"哦,这样……"

我一边翻着手册,一边认真地回答。闻言,少年露出了目瞪口呆的神情。

"按照理想和计划生活,这才叫大人,学着点吧,少年。"

"嗯……虽然我已经差不多了解国木田君的角色了,但是刚才那个还是有点儿……"

太宰穿过木门出现在我身后。

"咦,新面孔,谁啊?"

"嗨,我是不介意自我介绍啦,但是接下来国木田君要说一段台词,所以现在还不能介绍。"

"少年,询问他人姓名的时候应该先自己报上姓名。还有太宰,不要不经我允许就预测我的言行。"

"戴眼镜的还真是喜欢说'应该'这个词啊……算了,我叫田口六藏，十四岁，职业是黑客。"

"是个企图入侵侦探社电脑却不幸败露，最后被我丢出去的笨蛋。"我贴心地加了一句注释。

"那个时候的事就别再提了行不行？我说，你也是时候把那时的通信记录给我了吧。"

六藏少年在三个月前从外部对武装侦探社的情报记录要素进行了网络攻击，让侦探社陷入一片混乱。当然，侦探社在电脑方面的戒备不可能松懈，在控制住局面之后立即进行了反侦查，于是找到了这里。

最后，六藏少年被我查出了许多问题，我们互相交换了友好的合作条件，如果我不把证明他犯罪的通信记录交给军警，他就会以情报贩子的身份协助我们。

"说起来，你弄清楚我事先给你的电子邮件的发件人是谁了吗？"

"戴眼镜的，你可真会使唤人，刚才才给我的东西我怎么可能知道，再等一下啦。"

我委托少年调查那个不知名委托人的地址。以六藏少年的技术而言，电子邮件的反探查并不是什么特别难的案件。

"就算没有这件事，你之前委托我的——'追踪失踪者的脚印'也让我忙得够呛。那个应该优先吧？"

"没错。"我肯定道。

一.

——"横滨来访者连续失踪事件"。

乍一看毫无关系的被害人,在某一天突然失踪,然后就再也没有回来。失踪者的人数为十一名。

搜查总部已经成立一个月了。被害人们之间的共通点很少,一个是他们都不是横滨本地人,另一个则是,他们是用自己的腿行走在路上然后消失的。这个事件非常棘手,完全找不到解决的头绪。

我交给六藏少年的委托,是追踪被害人失踪前的行动记录。我委托他从被害人们乘坐的铁路交通工具和计程车的记录中调查他们的足迹,但似乎进展得并不顺利。

"这是什么事件?我第一次听说,详细点告诉我嘛。"

太宰很有兴趣地插了一句。

"之后我再完整地告诉你。"

我随便应付了一句,拒绝了这个话题。

这么做当然有我的原因。我打算把这起连续失踪事件的解决方法,当作太宰的"**入社测试**"。等时候到了我再把情报交给他。

"哦?这就是所谓的新人培训吗?戴眼镜的也出息了嘛。"

"他可真是个顽固的上司啊,太让人头痛了。——啊,对了,你是叫六藏吧?你是黑客吧?你有没有掌握什么国木田君的弱点呢?或者不能被人看到的秘密照片之类的。"

"喂,太宰!不要当着别人的面堂堂正正地算计威胁别人!"

"哦,新人你很明事理嘛。一千日元,一万日元,十万日元。

你要哪个价位的?"

"有这么多个吗?!"

慢着,慢着慢着,冷静。

"少胡说,我没有什么弱点。这小子是在撒谎,太宰你不要当真。"

"……是吗……"太宰用别有深意的目光看向我。

"不信就算了,我只卖给相信的客人。不过,要是戴眼镜的先付钱,我也可以把证据资料给销毁哦。"

"谁会付钱啊,我没有不可告人的情报!太宰我们走!"

我拽着太宰的后领快步钻出入口的木门,离开了少年的房间。

……十一万一千日元吗……

夜晚的仓库街空无一人。

我和太宰两个人在仓库街的路上等着之前联络过的计程车过来。

来往车辆的灯光拖着长长的尾巴渐渐远去。黄色的影子,银色的丝带,散射着红光的刹车灯。大面积照亮前方的白色车头灯切开了建筑物的身影。车窗上反射的常明灯仿佛液体一般从眼前流逝。

一．

强烈的海风时而吹动云朵，时而将其吹散，月光则在港湾街上落下黑与白的影子。

"真是个活泼的孩子啊。"面带笑容的太宰看着夜空说道。

"我不该介绍你俩认识的，早就应该想到你俩在一起准没好事。"

"前辈，我能问一个问题吗？"

"什么问题？"

"为什么你要照顾六藏少年呢？"

我看向太宰，发现他的表情十分认真。

"为什么要把工作交给他去做呢？只不过是查找失踪者的足迹，这种小事侦探社也能办到吧。这次也是一样，明明在电话里讲就可以了，还要特地跑来一趟。"

我沉默了，这个问题很难回答。

"是不是跟话题中出现了一小会儿的……他父亲有关呢？"

我不由自主地看向太宰。

"我说中了吧。"看到我的表情，太宰笑了。

"……六藏的父亲曾经是一名优秀的警官，可是他死了。"

没办法，我还是讲了起来。

"侦探社和警察曾经合作追捕过某个犯罪者。那是个穷凶极恶的重犯，毁坏了好几处国家和企业的设施。尽管警方追得非常紧，却仍然找不到对方的所在地。"

"那是——'苍旗的恐怖分子'事件?"

"没错。"

那个严重的事件把军警双方都牵扯进去,最后发展成了震撼全国的大骚动。

"我们侦探社查到最后,终于成功找到了敌人的基地,并汇报给了市警。"

"大功一件啊。"太宰钦佩地说道。

"嗯,的确如此。只不过当时那起事件,由军队、公安、市警三方联合出动,指挥系统交杂在一起,十分混乱。而且更糟糕的是,犯人察觉到了我方的行动,然后带着大量的高性能炸药躲在基地里。"

记忆在我的脑海中复苏。听筒中传来市警的怒吼声。逮捕他。待命。现场四起的矛盾指令。

"由于指令混乱,迅速抵达现场的只有五名刑警。上级下达给他们的命令是立即冲入并压制敌人阵地……可面对震撼整个社会的暴徒'苍王',既非特殊部队也不是异能者的五个人能做什么?"

然而,现场的人无法掌握全局,上级命令他们冲进去,他们只能照做。

"最终,犯人被逼入绝境,点燃了炸弹,犯人和五名刑警,全部身亡。"

"其中一名去世的警官,就是六藏少年的父亲吧?"

一.

"六藏少年很小的时候,他的母亲就去世了,他一直与父亲两个人生活。他似乎很尊敬身为警察的父亲。"

我握紧了拳头。

"当时,向市警汇报发现基地的人,是我。"

如果那个时候我向更上级的指挥系统汇报就好了,又或者,我与侦探社一起冲进去也好。

"就等于是我杀了他们。"

"不是的,不管怎么想,下达指示的人是市警的领导,进一步而言,一切都是自爆的那个犯人的错。"

"或许是吧,但是少年的想法大概并不是这样,否则他也不会为了报复侦探社而入侵电脑系统了。"

恐怕六藏少年一直恨着侦探社吧,我没有当面确认过,可是——

"六藏少年已经没有父亲了,这是事实。必须有人代替他的父亲守护他,偶尔还要用拳头教训他,而我碰巧可以做到,恰好合适。"

"你可真是个浪漫主义者啊。"太宰发出了一声类似叹息的苦笑。

我并不觉得自己是浪漫主义者,而且我也不明白什么是浪漫。

然而认识我的人,都异口同声地说"你是个浪漫主义者",不知道因为什么。

这个世界上明明都是不如意的事。

在我思索时，一辆计程车停在我们面前，司机冲我们挥了挥手。

◆ ◆ ◆

关于计程车的司机，每个人心中都有不同的认识。

有正直的，忠厚的，熟知近路弯路的识路高手，又或者是驾驶技术高超的技术人士，笑容爽朗的大好青年，优先考虑乘客费用（路程）的节约者。每个人的主张都极为合理，容不得其他人来提出异议。

顺便一说，我对计程车司机的愿望只有一个。

"哎呀，好久不见了，国木田调查员。今天真是个好日子啊，天气晴朗适合侦探，今天的你也适合戴眼镜呢，我做司机这行做久了，能看出顾客的眼镜是好是坏哦！国木田调查员的眼镜该说是气质非凡呢，还是出身名牌呢？总之是非常棒的眼镜！我可以保证哦！"

"算我求你，安静点儿开车吧。"

首先，他是以什么依据来判断眼镜出身的？真是蠢透了——虽然我有点想知道。

"计程车司机都是沉默寡言的人，没有客人告诉过你吗？"

"没有啊，在我开车的时候根本就没有客人说过话，因为都是我在说。"

我知道这辆计程车在街头巷尾被如何形容——地雷。

一.

　　我和太宰坐上这辆事先联系好的计程车，前往委托的调查地点。车窗外的黑夜中已经看不到繁华街区的灯火了，稀疏的树影扫着浑浊的月光渐渐消逝在我们身后。

　　当然，我们并不是因为不走运才搭上了这辆地雷计程车，而是故意把他叫来的，至于为什么……

　　因为我要从这里打听消息。

　　"太宰，你还记得刚才说的'**横滨来访者连续失踪事件**'吗？"

　　"记得，你让六藏少年调查的那个？"

　　"对。被害人有十一人，其中有两名在失踪之前曾经被人目击到，就是这个司机。"

　　我指向眼前的这位矮小的司机。

　　"说是目击，其实只不过把他们从港口载到旅店而已啦。其中一名是女旅行者，另一名是来这里出差的男人。"

　　"你确定是这些照片里的人吧？"

　　我从怀中取出几张照片，都是在旅店的监控摄像机上拍下来的失踪者照片，一共有三种，分别是他们进入建筑物的身影、在柜台办理手续的身影和第二天离开旅店时的身影。

　　"没错，就是他们，穿的衣服也跟照片上的一样，就是我把他们载到这家旅店的。"

　　"OK。那么，国木田君，你打算什么时候把这起失踪事件的内容告诉我呢？"

"……好吧。"

于是，我开始当场对事件进行了简要的说明。

大概一个月之前，一名来横滨出差的四十二岁男子突然消失了。我们调查了他的行踪，得知他从港口坐车到旅店，登记之后住宿，第二天上了街。然而男子并没有出现在工作地点，也没有回家。他的行李都留在旅店房间里，用自己的双腿消失在了某个地方。

其他失踪者的情况也基本相同，有只身一人的旅行者、展览会的参加者等，共计十一名。失踪者在年龄、居住地、职业上并没有共同点，唯一的共同点便是他们都是独自一人来到横滨的。为了调查他们离开旅店之后的行踪，市警在市内进行了调查，但没有找到任何目击情报。他们仿佛雾霭一般，突然就消失了。

市警觉得最有可能的是，绑架。可是在这座大城市，并没有地方能够避人耳目地抓走一个人，并且被害人家属也没有被人威胁交赎金，就算是绑架，也不知道对方有什么目的。

"不是有目的吗？"

一直沉默地听我说明的太宰，突然发出了明朗的声音。

"为了'发货'啊。"

"什么？"

"就是说，绑架别人然后卖掉啦。听你的说法，失踪者都是健康的成年人吧？心脏、肾脏、角膜、肺、肝脏、胰脏、骨髓——在国外市场售卖的话应该不会赚太多日元，可如果有十一个人的人体，

一.

那就是一座宝库了,如果犯人只有一个人,那更是一笔巨大的财富。"

"的确,我听说黑社会确实存在这种黑市交易——不过你还真了解啊。"

我认为一般人想接触这种知识,最多只能通过电影和小说吧。

"没什么啦,我就是在郊区的酒馆喝酒时,曾经听别人聊起过这种话题而已。"

这个解释太可疑了,听上去根本就是借口。

不过,这个男人全身上下都很可疑就是了。

"……那也就是说,失踪者是自己走去内脏买主那里的?说'请买下我的内脏吧'?特意挑在出差和旅行的时候?"

"是啊,的确有点不自然,那么就不是内脏买卖,而是因为有苦衷才消失的。他们委托专门做失踪生意的介绍人,获取了新的名字和户籍,然后突然消失了。"

"就算是这样,可他们如果是自己去见介绍人的,总归会被其他人目击到,或者被监控录像拍到吧。"

"干这行的会不会有擅长变装的人?"

"这么一说好像是有啊,我听说过,像是摄影业内就有种技术可以把男人完全打扮成女人,好像是要先在脸颊内侧塞满丝绵,改变脸的轮廓,然后再——"

"我们没问你。"眼看着又要听到长篇大论,我连忙打断了司机的话。

"啊,我想到了。快看这些照片,他们两个都戴着眼镜啊,我找到共同点了!也就是说,这是一起'眼镜连续失踪事件'!"

我看向照片,里面的被害人的确戴着眼镜,黑框的和银框的。

"很好,国木田君,到你出场的时候了!"

"出场什么,而且另外九个人里有好几个都不戴眼镜啊,这根本不是共同点。"

我记得那九个人里有四名戴眼镜的,两名戴墨镜的,剩下三名什么也没有戴。

"喊……那就没办法了,用其他方法让国木田君来当诱饵吧。犯人的目标是旅行者吧,那就让国木田君穿上橡胶长靴,背上登山包,穿上红绿的格子衬衫和登山裤在横滨街上来回走吧。带着巨大的相机把路人从头拍到尾,句尾还要加上'咧'。"

"鬼才答应!"

"'鬼才答应咧'!"

"这叫哪门子战略啊!我拒——"

"'我拒绝咧'!"

"不要预测我要说的话!"

"咦?那就让国木田君赤身裸体戴着高顶礼帽,开着车在街上奔驰,同时还要喊出喜欢的女子类型。"

"你的主旨已经变了!"

"那么就让国木田调查员打扮成小丑的模样看书——"

一.

"你给我闭嘴!"

真是的,这两个家伙都这么不着调!

我渐渐生气起来。

"太宰!工作的时候你给我稍微认真一点!什么时候你才肯正经做事!"

"咦……人家一直都很认真啊。"

那就更糟糕了。

"好吧,那我这样做好了。再过不久,我就发誓当一名清廉的侦探,踏实地调查、检验、推理,成为优秀的男人,足以让我的上司国木田君称赞不已,满口佩服地说出'从明天起就算把工作单独托付给你也没问题'。"

太宰比手画脚地辩白,却毫无可信度。

"再过不久是要过多久?"

"我们从这辆计程车上下去之后。"

哦?

"真的吗?"

"当然了,我绝无二话……不过很不好意思,我想提个条件。"

看吧,我就知道会这样。

"什么条件?如果你想涨薪水,或是让我把轻松的工作交给你,我是不会答应的。"

"没这么夸张啦,不过是从刚才起,有一件事让我很感兴趣。"

041

太宰目不转睛地注视着司机,眼睛里闪烁着好奇的光辉。

"……让我开车吧。"

○ ○ ○

"哇啊啊啊啊啊啊啊啊啊啊啊啊啊啊啊!"
"哇——哈哈哈哈哈哈哈哈哈!我是风!"
"慢……太宰……你快停……拜……哇啊啊啊啊啊啊!"
"哟呵——"
"呕——"

○ ○ ○

"好了,顺利到达!"
"我再也……不会让你……开车了……"

打开车门,太宰神清气爽地走了下来,我却跌跌撞撞的,像从车里滚出来的一样。

至于司机,已经倒在副驾驶座上了,估计他这一晚上都醒不过来了吧。

"怎么,晕车了?真没出息啊。"

一.

太宰的话让我冒出了一丝杀意。

这不叫晕车,而是腰腿瘫软得爬不起来,找不到平衡感,能像刚生下来的食草动物那样张开双手双脚颤抖地站起来已经是最大限度了。

就算是最严酷的武道锻炼也没有这么累过。

"那我们快点去工作吧!刚才我们约好了,所以就麻利地开始吧!"

基于之前的说教,我现在很难说出"让我休息一下"的话。

"委托的地址就在这附近吧……话说回来,国木田君,你怕鬼和妖怪狐狸精什么的吗?"

"鬼?怕那种东西怎么可能进入武装侦探社。就算和再厉害的魑魅魍魉相比,肯定是刀枪的杀伤力更大啊。"

"那真是太好了,毕竟这次的调查地点类似于那种地方嘛。"

我看向太宰指示的方位。

只见在前方的深山里,矗立着一座残破的黑色建筑物。

建筑物呈现出废弃医院的诡异模样,在夜色的衬托之下,散发出浓重的死亡与腐朽的气息。

为什么?

为什么要在深更半夜进行调查呢?

人只要活着就必定会生病。就跟不存在绝对无谬的精神一样,也不存在绝对无病的身体。证据就是,每个人都是从医院出生,再从医院离去。也就是说,医院就是此岸与彼岸、死者的世界与生者的世界之间的分界线。

而如此一座腐朽的废弃医院,就更显得诡异了。月光从破碎的窗子射入,照亮了周围,落在瓦砾上的影子发出幽幽的青,沉积在地板上的水洼显出缺血的紫。

只有在前院绽放的彼岸花露出刺眼的红。

"好黑啊……什么都看不到。"

"这种感觉不也挺好的嘛。"

我蹑手蹑脚地走在废弃医院的走廊上,太宰则踩着轻快的步伐从我身边超了过去。

腐烂的墙壁已经失去了原有的形状,接线从朽坏的天花板下垂下来。窗框已经脱落了,备品也几乎全部被盗,病房已经完全变成了蝼蚁的巢穴。

到底谁想进入这样一座废墟呢?

"委托人希望我们弄清楚每晚在这里出现的声音和光亮究竟是怎么回事。不知道会出现什么异常情况,小心行事。"

"嗯……这我当然知道,不过国木田君,你是不是有点戒备过头了?"

一.

我瞪了太宰一眼。

"说什么呢,主观轻视敌人才是愚人野蛮的做法。要知道身为侦探社的一员,随时都要设想最糟糕的情况发生。"

我慎而又慎地压低了背,摆出架势防备遭遇突然袭击,慢慢在走廊前进。

"你该不会是怕了吧?"

"谁谁谁谁怕了!你白痴吗!"

"那我们就快点走吧。"

"笨蛋,在这种电影里,掉以轻心的家伙会第一个成为牺牲者的。"

"这种电影是哪种?"

"少废话,你先走,我殿后。"

"你不就是纯粹不想走在前面吗……啊,对了,这里太黑了,不太方便,我们开个灯吧。"

这件事我已经想到了,我当然非常想有点光亮,可是……

"如果医院里有人,说不定会注意到我们的照明而逃掉。我们就靠着月光走吧。"

"这样啊。"

我们两个在黑暗里前进。飓风肆虐着建筑物,某个地方传来了水珠滴落的声音。

废弃医院的周围,别说是民家了,连一栋建筑物也没有,只有一片空旷辽阔的山林原野。漆黑的森林在狂风的吹动下成群结队地发出簌簌的叫声。

我想起委托人的书信，什么叫"住在附近"啊，这建筑物方圆几千米之内根本不像有人的样子，住在附近的充其量就是狐狸或者熊。

——那么委托人究竟是什么人呢？

——没有委托人的名字。

——搞不好委托人也是充满怨念的恶鬼呢。

太宰的话在我的脑海中复苏。

前后一片黑暗，什么都看不到。误入建筑物缝隙的狂风发出的声音仿佛女人的哭声一般。

……

我不相信世上有鬼。我身为代数讲师，也学习过化学和物理学，是一名自然科学的信奉者。什么冤魂成形来害活着的人，只不过是对黑暗的恐惧衍生出的胡思乱想罢了。

……

我不怕。我可没有颤抖。也没有哭。

"出来了！"

哇啊啊啊啊！

太宰在前方突然大叫一声，吓得我心脏猛地一跳。

太宰回过头来，还保持着嘴巴大张的模样看着我，在看到我的表情之后，他慢慢地，却深深地，扯出一抹坏笑。

这家伙！

"信不信我开除你?!"

"哎呀，谁叫你这么紧张，我只是想缓解一下气氛。"

"我不管你了！"

我把太宰推开，快步向前走去。

可恶，好黑，什么都看不见。就是因为什么都看不见，才会产生错觉，以为这片黑暗中有什么东西在。才会胡乱推测暗影中是不是有眼睛，虚空中会不会有叹息。

好黑。

好黑。

我不行了。

"'**独步吟客**'——手电筒！"

于是，周围亮了。

◯　◯　◯

我们在废弃医院里来回调查了一遍，的确发现了几处有人进入的痕迹。

有拖拽某种带轮子的货物的印迹、皮鞋的脚印、衣服的线头。但是我们无法判断，这些究竟是每晚潜入这里的犯人留下的痕迹，还是单纯的火灾现场强盗的痕迹。

异能力变化出来的小型手电照亮了我们的视野，但并不代表它驱散了压在医院上的浓重而魆黑的暗意。

正如文字所写，眼前全是黑暗，如果照向前方，那脚下就会被暗海淹没；如果照着脚下，前方就是暗黑的洞窟。就算提心吊胆地前进，也没有发现什么能让调查有所进展的东西。

"这肯定是恶作剧，我们回去吧。"太宰终于厌倦了，转身欲走。

"喂，等一下，说好的'踏实地调查、检验、推理'呢？才这么一会儿就受不了的话，怎么可能成为一名侦探。再找找证据——"

"没有必要啦，你看这个。"

太宰捏在指尖的东西，是一条暗色的细绳，它的两端埋在地板里——不对。

"这是——电线吗？"

如果真是的话，那就太新了。明显不同于日久年深的腐朽医院里的电线，看样子应该是几个月前安装的东西。

"只要沿着这条电线——"

太宰勾起电线，寻找它的源头。尽管被隐藏得十分巧妙，最终还是让他找到了。

而太宰拿起来的东西是——

一.

"这是……摄像机吧。是谁悄悄地设置在这里的？肯定不止这一处。哎呀，原来委托人用假委托把我们叫过来，然后一直在偷拍怕鬼的国木田君哭泣的模样呀，可真是个坏人呢。"

"我，我才没哭！"

"也是呢，就算是小学生，也不会在这种只是有点黑的废墟里害怕呢。"

"……"

"而且医院里就算有鬼，肯定也没什么魄力。他们肯定是病死的吧？如果是因事故而死应该会附在事故现场嘛。这种鬼也不会有足以杀死人的毅力啦，最多就是有所留恋和悔恨而已。'我不想死啊'这种的。啊啊，真是太讨厌了，明明幸运地死掉了，还得了便宜卖乖。"

"太宰……喂，你还是，别再说了……"

万……万一被冤魂听到了可怎么办？

"如果要怨恨活人，至少得像是那种得了肺病的骨瘦如柴的女人才行啊。披散着一头湿乎乎的长发，带着怨恨地说'我好恨啊，好羡慕活着的人啊，快把我从这个黑暗的深渊里救出去！把我从这种痛苦中救出去！啊啊好痛苦，我要血、骨、肉、内脏、啊、啊、啊啊啊啊！'"

"**救命啊啊啊啊啊啊啊啊啊！**"

突然响起了女人尖锐的叫声，吓得我心脏差点儿没吐出来。然而一瞬之后，我像被人从头淋了盆冷水，惊讶极了。

刚才的惨叫，是活生生的人类发出来的。

"刚才的声音是……"

"这边！快点！"

我没有等太宰，直接在腐朽的走廊上跑了起来。

经最短的路线跑下楼梯，穿过走廊，踩在瓦砾之上奔往惨叫传来的方向。

最后，我来到了地下区域。在剥落的天花板和腐朽的走廊之间，分别排列着茶水间、药品管理室、放射线摄影室和太平间。

我追着声音冲进了陈旧的茶水间。

有人！

用来清洗衣物的宽阔水槽里，一只女子的右手伸出水面，正在拼命地挣扎着！

我迅速跑了过去，向水中一探，只见水底有一名只穿了内衣的年轻女子，她的另一只手被手铐铐在水底的把手上。

因为手铐的缘故，她无法从水里出来！这样下去会淹死的！

"这是什么！"

"得快点把这个铁栅栏拆了！"

一.

　　太宰抓着栅栏叫道。用来清洗衣物的水槽上盖着巨大的固定铁栅栏，令她无法逃脱。
　　我双手抓住栅栏使出全力摇晃它，或许是因为哪里还上着锁，单靠臂力根本撼动不了半分。
　　我与水中的女子四目相对，看到一双茶褐色的眼瞳。那双仿佛已经睁到极限的眼睛中写满了强烈的祈求。
　　救救我。
　　"我们现在就来救你！你退到水槽的一端去！"
　　我挥着手告诉她要怎么做。她大概是理解了，于是将后背贴着水槽壁，蜷起身体。
　　我从腰间掏出手枪，打开保险栓，瞄准了水槽的外壁。
　　"太宰，退后！"
　　我选择了一个合适的角度，确保子弹不会弹射到水中的女子，然后冲着外壁连射三枪！
　　被我射中的水槽壁出现了弹孔和裂缝，水槽壁出现缝隙，内部的水淌了出来。
　　接着，我冲着那道缝隙使出一记全力的回旋踢！
　　我的后脚跟在回旋力的作用下击在外壁之上，一下子就把陶瓷和水泥制成的水槽壁踢出一个大洞，大量的水随之涌了出来。
　　"咳……咳咳！"
　　水从大洞中喷出，水位总算降到了女子的脸部以下，她贪婪地吸取着空气。看样子我的动作还算不晚。

太宰拧紧了大型的水龙头,水停了下来。

"你没事吧?"我隔着栅栏把手帕递过去,女子用还在颤抖的手接了过来。

"看起来好像是有人想要淹死你……你看到犯人了吗?"太宰问道。

女子不断地咳嗽着,整个身体都在呼吸,尽管嗓子哽塞,她还是努力发出了声音。

"我是……被绑架的。我因为工作来到了横滨,就在那天,我的意识突然不清……等我清醒过来就发现自己在这里了。"

我和太宰互相看向彼此。

○ ○ ○

我和太宰合作破坏了铁栅栏和手铐,把那名女子救了出来。由于铁栅栏被上了三道圆筒状锁,我只好用手枪尾部把它们都敲碎。

"我叫佐佐城信子,在东京大学当老师。来到横滨的时候,突然意识不清了……等我清醒过来就发现自己在这里。"

佐佐城女士浑身都湿透了,脸色也很苍白,但仍然支撑着向我们说明了情况。

"佐佐城小姐,你知道你是在几天前意识不清被绑架的吗?"

一.

"非常抱歉……因为我失去了意识,所以并不太清楚……只不过,从身体和肚子饥饿的程度来看,我觉得应该已经超过两三天了……"

横滨连续失踪事件的被害人,消失时间为三十五天前到七天前。如果女士所说的话是真的,那么她很有可能是第十二个被害人。

"……"

太宰从刚才开始就一直没有开口,抱着胳膊似乎在思考什么。

佐佐城女士是一位有着黑色长发的微瘦女子,年龄大概与我差不多。

她的身体一直在颤抖。或许在被绑架的时候就被夺去了衣服,现在她的身上只穿着几件轻薄的内衣。虽说太宰已经把自己的外套借给她披了,但在深更半夜里只穿内衣又半裸着身子,而且浑身都湿透了,会颤抖也是很正常的。

她冷得发抖,不管是抱着自己胳膊的手,还是放在地板上的腿,都纤细得可怕。紧贴在身上的衣服描绘出妖娆的曲线,皮肤白得像是透明一般,看上去十分脆弱。

水珠从粘在脖子上的湿发滴落,消失在胸前。我不由自主地、没有任何原因地移开了视线。

"更重要的是,这栋建筑物里应该还有跟我一样被抓来的人!我听到过他们的声音!"

"什么?!"

其他的失踪者吗？他们也是在被绑架之后，被关在这栋建筑物里的吗？

"我带你们找！这边！"女士摇晃着站了起来，想给我们带路。

但是——

"……等一下。"

我伸出手制止了佐佐城女士。

"太宰，你怎么看现在的情况？"

"佐佐城小姐的打扮好性感。"太宰一脸认真地说道。

"你正经点！"

"……事情发生得太巧了。"太宰双手怀胸再次回答道。

"我们之所以会到这座废墟来，应该是为了调查神秘的声音和光亮吧，却发现了另一个事件，连续失踪事件的被害人。这两个事件应该是毫无关系的独立事件才对，除了这两个事件都由我们负责这一点之外……佐佐城小姐，你最后一次见到犯人是在什么时候？"

"非常抱歉，我根本没有清楚地看到对方的长相……但是，在我清醒过来的时候，水槽的水龙头已经被拧开了，水已经蓄到了我的脸附近，我想应该是在我醒过来的大约五分钟之前，犯人自己把水龙头打开的。"

她就在那时发出了尖叫，被我们听到了。也就是说，时间就差那么一点点。

"那就表示犯人刚才还在这里。我不相信犯人会察觉不到我们在附近行走的声音,既然如此,犯人又为什么要这么做呢?"

"因为察觉到我们所以慌了,或者是——"

周密的陷阱。

然而,我们是不会因为害怕陷阱而打退堂鼓的。

如果失踪的被害人有很大可能被关在这栋建筑物之中,那我们就必须把他们救出来。

"距离第一个被害人失踪已经过了三十五天了,如果现在还被关着的话,恐怕会有生命危险。太宰,你保护着她跟在我身后。"

我举起枪,在走廊上前进。

以防万一,我通知了市警。而佐佐城女士带领我们最终抵达的地方,是太平间。遗体是贵重物品,为了防止平时失窃,所以门设计得非常坚固。铁门用门栓锁了起来,用来幽禁活人也十分方便。

我查看了一下,确认没有陷阱之后便弄坏了门栓,冲入室内。双手手腕交叉,将枪口和手电同时指向前方。

太平间大概有十米深,极为阴暗。几乎所有东西都被搬走或是偷走了,室内空荡荡的。要说还留在这里的东西,就只有断腿的遗体担架、裂开的遗体袋,还有设置在墙壁上的抽拉式铁棺材。

除此之外什么都没有了。无论是尸体,还是活人——不对。

或许是感受到了手电的光,有什么东西在房间深处动了一下。我将手电的白光照了过去。

"救……救命……"

有人。

在墙角的铁笼子里,一共有四个人。他们都和佐佐城女士一样,穿着单薄的内衣。

"这儿是,哪儿?"

"刚才有女人的叫声……发生什么事了?"

"冷静点,我们是来救你们的,刚才发出叫声的女子也已经被我们救出来了。这里有人受伤吗?"

"没——没有,但是,这是什么地方?我们为什么会在这里?"

我走近那边查看情况。在与入口相对的墙上,钉着一个像是用船舶运输猛兽时使用的金属丝网笼子,看起来很难用手头的工具将其打开。而笼子本身也打造得十分坚固,要破坏它需要一定的时间。

"哦?电子终端式的锁啊。"太宰走到笼子的锁前查看了一番。"是要密码呢,还是活体感应呢,还是暗号呢……'芝麻开门'!'电闪雷鸣'!'一直以来,我过着羞耻的生活'!(**注:这句话出自太宰治的名著《人间失格》,翻译采用许时嘉版本**)唔……开不了啊,只能破坏掉了。"

最后那句是什么玩意儿?

"要破坏它的话,大概要把这边这样——"

就在太宰想触碰终端的那一瞬间,佐佐城女士突然叫了起来。

"不行,不可以碰那个锁!"

一.

太宰惊讶地回过头来,终端亮起了红灯。

楼上传来某种金属落下来的声音,还有什么东西打开的声音。

笼子里喷射出乳白色的烟雾,而刚才下意识跑过去的我,眼睛和喉咙开始感到刀割般的刺痛。

笼子里的失踪者发出了惊恐的惨叫声。

"是毒气!"

剧痛让我的眼泪都流了出来,视线一片模糊,整个世界都花了,仿佛一切都跳起了舞。我不小心吸入了一些毒气,可我不能对被害人见死不救,还是将手伸向了笼子。

"不要靠近,已经太晚了!"

有人抓着我的手臂将我向后拽去。好吵。我必须救他们,不能让被害人死掉。这是我的理想,这才是世界应有的样子。

"国木田君!快点!"太宰的叫声从身后响起。

我不要,这样不对。

"不行!"

佐佐城女士紧紧抱住我的身体,阻止了我的步伐。为什么,为什么要阻止我,人是不能死的,在我的面前,谁也不能——

我被太宰拽离了那个房间。我似乎吼出了什么话,却完全不记得了。

结果,被监禁的四名被害人全部身亡。

二.

十一日。

余夜归,临砚而默。

彼时之恨,虽日日不得忘乎,然亦不愿之长存于册。

浮生皆苦,忍之,纵有损于誉,当笑而淡之。

思于此,复默。

我在侦探社的办公桌前看报。
从早上起,报道就引发了轰动。无论是电视还是网络,都充满了某个煽情的新闻。
《横滨连续失踪事件的被害人,经发现后死亡》
《民间侦探公司擅自闯入导致死亡?》

二.

此外还有照片。白烟、痛苦挣扎的受害者，以及紧紧抓着铁栅栏的我。

虽然报纸上还没有，但是很快也会刊登吧。

侦探社的电话从早上开始就一直没有断过。虽然现在还只是投诉电话，但不久之后就会有遇难者家属打来的诉讼电话了吧。而剩余的七名失踪者，依然下落不明。

是什么人，将被害人被毒气致死的那一瞬间拍了下来，并且散播到社会上去？

桌上的电话叫个不停，让我的神经都跟着一起震动起来。我将手伸向听筒。

还没等我把听筒拿起来，太宰就接起了电话，又马上放了回去。电话不叫了。

"看来这才是敌人的真正目的啊。"他的声音听上去很明快，手里正拿着照片。

"这好歹是一点点的慰藉嘛，国木田君，你在照片上显得很有男子气概哦。"

我沉默着试图把太宰手里的照片抽出来，但他敏捷地将手举高，躲了过去。

"你今天就先回去吧？脸色很难看哦。"

"……我不回去，还有工作。"

"发生这么严重的事你还要守规矩啊，别说你了，我刚才想进侦探社的时候,还被人扔了两次石头呢。"

我将视线投向外面。从早上起,公司外就聚集了好几名抗议者,想必明天会更多。

"规矩?白痴,我们不是还有工作要最优先处理吗?寻找犯人啊。"

"嗯……这倒也是。"太宰带着滑稽的表情同意道。

"佐佐城女士呢?"

"她累垮了,现在与谢野医生正在医务室给她治疗呢,好像没什么大碍。"

"我们去问问她吧。"

我站起来。佐佐城女士是唯一一个与犯人接触过后还活着的证人,或许能从绑架的手法中得知犯人的身份。

我正要追上已经先一步前往医务室的太宰,视线却突然落在了照片上。我、佐佐城女士和被害人的脸都清楚地被拍到了,可太宰只被拍到了外套下摆。

那家伙是怎么躲过偷拍的?

"非常抱歉……我真的很想帮你们……"

佐佐城女士在医务室无力地垂下头。

二．

"我本来身体就很弱，时不时就会因贫血而晕倒。尤其在事件发生那天，我正好身体不舒服……我猜我会在车站晕倒可能就是因为这个的缘故。"

这也就表示，她不知道犯人的模样和手法了。但是——

"如果是这样的话，就是说有人趁乱把昏倒的你绑架了。"

横滨站的正中央人非常多，想在那里实施绑架是不可能的，如果搬运着一个昏倒的女人，会显得更加引人注目。敌人有可能不止一个，或者利用了极为巧妙的技术——

"昨天……真的，很谢谢你们。如果那个时候没有被你们救出来，我就没命了。不仅如此，还这么地保护我、帮助我……我，那个，没有可以依赖的亲朋好友……"

佐佐城女士沉默地垂下了纤细的颈项，没有再说话。这样一来，原本的纤细身形与苍白的肤色互相融合到一起，让她看上去就像是一个断了线的机关洋娃娃。

事实上，她人生的线已经等同于被切断了。差点被身份不明的杀人魔杀掉，今后或许还会遭遇不明原因的追杀。

"昨晚还收留我住在您的宅邸，给您……添了不少麻烦。"

……嗯？

"收留？在哪儿？"

"我家。"太宰若无其事地回答道。

……

……最近这种行为算是正常的吗？

"太宰先生……真是太谢谢您了。那个……承蒙您……多加关照。"

我总觉得佐佐城女士的脸颊泛起了红晕，好像在害羞。

"国木田君，你怎么了？你现在的表情太奇怪了。"

"太宰，你……不管怎么说，你下手也太快了吧？"

"不是的，是我恳求太宰先生的……"

"哎呀，不必放在心上，这是绅士应该做的。而且有很多人，第一次见到我就会拜托我做些什么事。"太宰面带笑容地回礼道。

…………

我不喜欢轻浮的恋爱，男女之间的关系应该相敬如宾才对。

因此我时常都认为，一夜情、心血来潮的爱、没有计划的短暂交往都是绝对不能容忍的，是应该遭到谴责的行为。

因此，因此，就算太宰这家伙再怎么有女人缘，我也一点儿都不羡慕他，同样也不会觉得遗憾。

我才没有羡慕。

◦ ◦ ◦

"真是红颜薄命啊。"

离开医务室之后,我们回到公司,准备继续外出调查,这时,太宰无声地笑着说了一句。

"你喜欢那种女人吗?"

"只要是女人,我都喜欢。因为所有的女人都是生命之母、神秘之源啊。但是佐佐城小姐呢,总觉得如果我委托她,她甚至会答应与我殉情,这种感觉很不错啊。"

"你快去和知了结婚吧。"

男女之间的交往应该是既纯洁又稳固的。一个人应当只能与一个互相补充、共同提高的理想配偶交往,并且白头到老。这才是我的"理想"。

事实上我的手册也明确地这样写着。

"我还要问你呢,你觉得佐佐城小姐怎么样?"

"她是事件的被害人,同时也是证人。仅此而已。"

"既然我完全想象不到,那就干脆直接问你吧……你理想中的女人是什么样的?"

"要看看吗?"

我打开自己的手册,翻到"配偶者"那一项给他看,手册上记载着所有的计划。

"好长!这些是全部?!"

太宰接过手册看了起来,同时他的表情也越来越僵硬。

"……呜哇,不不不,这实在是……哇,咦咦……"

二.

"你这是什么反应。很奇怪吗?"

"不,我觉得很好。你的理想能够引起所有男人的共鸣啊……每一个项目都是。"

"是吧,在女人身上寻找理想有错吗?"

"没错,完全没错,国木田君。但是我奉劝你一句,这一页千万不要让女人看到,她们会对你退避三舍的。就连我,刚才也一直控制着自己,没让自己叫出'世上才没有这种家伙'这种话。"

是这样吗?

"我知道了,我们开始工作吧。今天要继续寻找绑匪的线索。太宰,你有什么发现吗?"

"有一点。"

"什么发现?"

"如果你想寻找理想的女人,就必须先把你那俗气的眼镜处理了。"

太宰一把抢走我的眼镜,将其架在自己的鼻梁上。一点儿也不合适。

"这个话题到此为止!还给我!"

眼镜这种东西,只要不影响工作就行了,如果光凭眼镜的质量就可以改变评价,那这世上就没有人会过得辛苦了。

不过话说回来,戴眼镜的太宰看上去还真是很滑稽,不知为何,感觉比平时还要呆。

"……眼镜?"

眼镜。被害人的照片。脸。监视器。所有人,都在旅店的——

"国木田君,怎么了?"

用自己的双腿从旅店中走失的失踪者。所有人都是独自在横滨住宿的。旅店出入口的监控录像。

"太宰,我们走。"我从太宰脸上夺回眼镜,自己戴上。

"我知道犯人是谁了。"

◦ ◦ ◦

海风吹拂着横滨港。我和太宰正站在横滨港的海边,入海口畔。

抬头仰望天空,太阳已经升得很高了,在一片蔚蓝之下,白色的日光被云朵打碎,落在我们头上。然而我的心里一片阴霾。

熟悉的计程车在我们前面停了下来。

"国木田调查员!快上来吧!"熟悉的司机向我们招了招手,我们匆忙坐了进去。

"抱歉啊,突然拜托你过来。"

"没什么啦,只要是侦探社、国木田调查员拜托我的事,哪怕是上刀山下火海我也得做呀!那么,究竟是什么事呢?是不是现在急着去什么地方?我会无视限速立即开过去的!"

"要遵守限速。其实,之前我们讲起的横滨连续失踪事件,我

二.

已经知道犯人是谁了。"

"什么！那篇废弃医院的报道我也看过了。真不知道过世的被害人是多么的悔恨……那你们现在是要去逮捕犯人了？我明白了！不快点的话会让犯人逃掉。那么，现场在哪儿？实施绑架的凶犯所去的地点是哪里？"

"就在这里。"

"啊？"

"犯人就是你，而绑架现场就在这儿，这辆计程车里。"

"您……您在说什么呢？我完全听不懂……"

"我想过了。在这座城市里，谁能够不引人注意地绑架一个人。在这个横滨，哪里才有这么一个地方，能让被害人面对陌生人也没有丝毫戒备，可以放松地与对方单独在一起。就是这里。你在这里让被害人闻到催眠瓦斯，再趁他们晕过去的时候绑架他们。自己则戴着防毒面具以防吸入瓦斯。"

"不……不不不，请等一下。我记得调查上说，被害人都是用自己的双腿走到哪个地方然后消失的，完全没有搭乘过交通工具的痕迹，也没有进入什么设施的记录。如果所有的被害人都坐过这辆计程车，那么应该会有人记得我们的对话，或是上车的地方吧？"

"没错，所有被害人肯定都坐进了这辆计程车。但是不管市警怎么调查，都没有查到这样的记录。因为他们搞错了调查日期。被害人上车的那一天，并不是他们失踪的日子。"

"这是……什么意思？"

"好啦好啦，国木田君，这样一一回答对方的问题根本没个完。还是由我来按照顺序解释一下事情的发生经过吧。"

太宰插了进来，开始推理。

"司机先生，你一边从事日常工作，一边在寻找某位特定的客人。条件很简单。'独自一人来到横滨，正要找旅店投宿的人''脸被帽子、眼镜、墨镜等物品遮盖了一部分的人''与你个子相仿的人'——因为你个子不高，所以只要条件满足，哪怕是女人也可以。这样可以消除被害人之间的关系，扰乱警方的搜查。"

"这到底是……什么意思……"

"别急，等我说完你再反驳吧。你是在这一带接活的计程车司机。不管再怎么保守估计，两三天之内也肯定会找到符合条件的人物。只要发现你的目标，你就会像国木田君说的那样，在室内喷出催眠瓦斯，令其昏厥。接着你开车去自己的藏身之处，将被害人监禁起来，夺走他们的行李和衣服，因此废弃医院的被害人才会都只穿着内衣。然后，接下来就是你大显身手的时候了。"

太宰愉快地拍了一下手，继续说道：

"你穿着被害人的衣服，乔装成被害人。就像你昨晚说的那样，只要在脸上化个妆，再在脸颊和身体里塞上东西，就可以乔装成跟

二.

被害人差不多的样子。当然了，你应该周密地做过这方面的训练，而且想必你所选的被害人的长相，也都是你有自信可以以假乱真的。而且你要骗的并不是人，而是'录像'。你前往被害人打算投宿的旅店，故意让监控录像拍到你。"

我回想起在搜查时见到的监控录像。现在想想看，十一名被害人之中有六名戴眼镜的，两名戴墨镜的，总共八名，这个比例实在太高了。剩下的三名也都是要么戴着帽子要么是长发，打扮成只能让监控录像拍到一部分脸的模样。这就证明他选择的目标都是容易乔装的并且有特定服饰的人。

"剩下的就简单了。你把被害人的行李放在旅店房间里，第二天再光明正大地离开。这样一来，在录像上看到的人，不管是进来的时候，办理手续的时候，还是出去的时候，都是同一个人，因此市警就只会把目光放在被害人离开旅店之后，调查这段时间内他们的行踪。当然不可能找到任何线索了。你不仅对横滨的大街小巷了如指掌，而且事先已经做过基本的功课，知道去哪里会留下记录，逃到哪里不会被监控录像拍到。我们越调查越发现，被害人是自己主动避开记录，让人看上去像是自己消失了一样。"

"您太不讲理了。就算您跟我说这些，那也只是推理出来的假设，没有证据。没错，没有证据啊。"

"真的吗？佐佐城女士的绑架案也跟这些绑架案一样，你单凭一己之力也可能做到。"

我接过太宰的话头继续说道。

"绑架在车站晕倒的佐佐城女士是最为简单的,对你来说也是出乎意料的幸运吧。一般来说,如果路边有病人突发急病晕倒,周围的人自然会叫救护车。但是救护车从医院赶到这里需要花费时间。可是现场在车站,既然是车站,自然会有很多可以立即发车的计程车时刻在那里待命。女士被在场的善良志愿者所救,出于时间的考虑,让她坐上了计程车。然后你便堂而皇之地载着女士离开了。不同的只是,你并没有把她拉去对方让你去的医院。"

"……这……"

司机似乎是想说些什么,可没有再说下去,表情开始变得含糊。

我的视线落在车子内部的装修上。缝隙之间黏着极少量的白色微粒,我用指尖将其捏起。

"如果要自首,还是尽早为好。证据总会被我们找到的。就算这辆车的内部……在犯罪后被细致地打扫过,还是会留下少量无法完全消除的瓦斯粉末。只要我们拿回去化验,马上就能知道成分。"

"这个……我不记得了。有可能是乘客自己撒的啊,这也是有可能的,不能当作证据的。"司机从喉咙里挤出声音反驳道。

然而,在他反驳的这一刻,就意味着他已经招认了。

"就算没有证据,犯人也只能是你。"

我继续列举更多的论据。

"能使用刚才太宰所说那些手法的人,就只有曾载过被害人的

二.

计程车司机。你说你曾经载过两名被害人,这就等同于你已经招认了。而另外九名被害人坐的也是你的车。"

"国木田调查员,这不能成为物证。"

司机仍然不肯直视我,却条理清晰地说道:

"你所说的这些都是间接证据。你既没有在我家里找到凶器,也没有拍到我行凶的那一瞬间。这种情况下就算起诉我,也不会判我有罪。"

这下轮到我沉默了。

他说的没错。要想判定他有罪,需要能把被害人与司机联系在一起的物证——血液、指纹、影像记录、只有犯人才知道的信息口供,等等。可现在我们并没有确实的物证(铁证)。不仅如此,单看现在的情况,他也没有充分的嫌疑,很有可能不会被起诉。听司机的口气,他应该已经把所有的证据都彻底销毁了。

这家伙比我想象的机灵多了,该怎么办才好——

然而,接下来的一句话却完全颠覆了我的预想。

"国木田调查员……我们来做个交易吧。如果你答应我的条件,我就去自首。"

"什么?"

"条件就是,武装侦探社把我当作委托人来保护,保证我的安全。期限就是从我结束检察审讯到证人保护交易成立之前的七十二小时内。"

"证人保护交易？什么意思？"

"没有……时间了。我会被杀掉，被他们杀掉。"

"慢着，我听不懂，你得把原委按顺序告诉我，是谁，因为什么想杀你！"

"我不应该跟那群人交易的……就是因为毫无背景的个人插手了器官买卖生意，才惹怒了他们！为什么，明明不应该败露才对啊……他们就快……到这里来了……"

"原来如此——是这样啊。"太宰托着下巴一个人点头道。

"喂，太宰，这到底是什么意思?!他在说什么?!"

"就是字面上的意思啊。他把被害人卖给了器官私卖组织，可是由于仅在一个月之内就有大量商品上市，器官的价格一时大跌，从而导致市场行情发生了混乱。打个比方，整个供应市场原本都是由一个大企业来操作的，突然有个个体户挤了进来，把市场搞得一团乱。于是会怎样？"

"大企业——会发火？"

"如果是正当社会，这就是健康的竞争。可是从事器官供应的本家是台面下一群用鲜血和暴力赚钱的家伙。外人破坏了他们的地盘，使得他们大怒——"

就在这时，车子受到了撞击。

接二连三的撞击使车身不断跳动，发出了刺耳的声音。

二.

我们乘坐的计程车被撞得差点掀翻。伴随着子弹破风而来的声音，车窗炸裂了。

"有枪！低头！"

我大吼一声。车窗的碎玻璃撒了一车，仿佛被锤子乱打一气的撞击和震动让整个车身都摇晃起来。

"是他们！救，救我……我不想死！"

"喂，等一下！"

司机打开车门，逃向了袭击的相反方向。

"国木田君，不管司机是逃还是死，事件的真相都没办法解开！我们得在敌人之前抓到他！"

趴在车里的太宰叫道。不用他说我也知道，可是现在的情况太困难了！

"我去追司机，你吸引敌人的注意！"

"站住，单独行动太危险了！太宰！"

太宰对我的制止充耳不闻，还是跑掉了。第一次的战场不能放新人单独行动，可是事实上我们也的确没有分头行动之外的选项。

我咒骂着看向敌人。对方有三个人，都穿着黑衣戴着墨镜，装备着海外走私的冲锋枪。片刻之间，他们便让市街变成了战场，从这份残忍冷酷、装扮及敏捷的身手来看——

"该死，糟糕透了！是**港口黑手党**吗！"

港口黑手党是以横滨港湾周边为根据地的非法组织。性质属于黑社会，极为残忍无情，以绝对服从首领命令的铁则团结在一起，粉碎一切敌对者。是横滨最凶残的非法组织。

港口黑手党的武装人员有三名，如果打持久战，我会被压制。

"'独步吟客'——闪光弹！"

我将文字写在手册上，撕下那页纸注入念力。纸片滚动团起，变成了拳头大小的手榴弹。

我顺着打破的车窗，将手榴弹冲敌人那边投了出去。

闪光弹是以暂时阻碍敌人视觉、听觉为目的的光学音声兵器。

闪光弹在敌人附近爆炸，其放出的闪光和轰炸声甚至能令病人的心跳骤停。那群黑手党大概想都没想到他们的袭击对象竟会用闪光弹来反击吧，一个个都按着太阳穴蹲了下来。

抓住这一瞬的机会，我跳出车子，向着敌人跑了过去。

我用手肘砸在离我最近的那个人的颈部，将其打倒在地，又用侧踢将另一个人踢飞出去。

最后一人拿着枪身向我攻来。我扭转上半身，歪着身子躲过一击。

紧接着顺势抓住姿势不稳的黑手党的手腕，并且向外一扭，接着使出一记"四方摔"将对方扔了出去。

在空中划过一道弧线的黑手党头部着地，立即昏厥了。

"呼……"

确认所有人都昏过去了之后，我又走回计程车附近。

二．

希望太宰那边也一切顺利……

这时，我突然感到背后有一股强烈的杀气。

我没有回头，而是迅速向旁跳开，接着便看到一条漆黑的湍流从我刚才所在的位置穿过。

湍流冲向计程车，直接将车子切成了两半。

车子被从中间一分为二，螺丝和车轴从断面中撒了出来，弹到空中。我还没来得及惊愕，身体就选择了继续蹬地闪躲。而我附近的路标、扶手，都一个接着一个被锋利地切成了粉碎。

我在地面转了半圈，重新调整了身体——这才看到远处有一名身着黑色外套的矮个子青年。

"咳，咳咳——"

这家伙就是杀气的来源啊。

"咳咳——真是低估你们了，不过能在一瞬间制服三名对手，的确有几分能耐。接下来就由我的'**罗生门**'来当你的对手。"

青年既没有拿武器，也没有摆出战斗姿态，还不时地弯腰咳嗽几声，徒步走向这边。他全身都散发出狂犬一般的恶意，化为无声的暴风呼啸而来。

矮小的身材。西式黑外套。漆黑湍流的异能。港口黑手党的黑色祸狗。

"你是——港口黑手党的**芥川龙之介**吗！"

"没错。受首领之命，前来取破坏黑手党庭院的愚人首级。他在哪里？"

"他不在这里，早就屁股着火似的逃掉了。"

我用手指指向司机逃走的方向，视线仍然钉在芥川身上，一瞬也不能离开。

糟糕得不能再糟糕的情况来了。提起港口黑手党的芥川，那可是能令黑社会的猛将们都哭着逃掉的灾祸之名。

"漆黑獠牙的祸狗""破坏与灾难的异能者""绝望与惨剧的使徒"……用来形容芥川的诨名数不胜数。

虽然我是第一次见到他本人，但光凭他将计程车劈成两半的破坏行径就能看出，他比传闻中还要危险。怎么办？

很简单，芥川的目标是绑匪，如果他真的这么危险，我就没有必要冒着生命危险来保护绑匪，最好老实地撤退。

"那家伙是证人，在问出其他失踪者的所在地之前，我不会让你杀掉他的。如果想去追他，就先把我打倒。"

"你想豁出性命保护杀人者吗？这样才对。"

可恶，我也真是够傻的。

不过，身为武装侦探社的一员，我不能让歪魔邪道轻易地杀掉事件的证人。

"做自己该做的事。"我默念手册上的话。

芥川的黑外套在蠢蠢欲动，它仿佛是由上千只怪物凝聚在一起形成的假相，现在放弃了布料的模样，有些化作爪刃，有些变为利牙。

二.

"我是港口黑手党的走狗,芥川龙之介,请赐教。"

"我是武装侦探社的一员,国木田独步,请赐教。"

芥川身上爆发性地发射出黑刃,宛如骤雨一般涌向前方。

我向一旁跳开,几道黑刃撕裂了我的衣服,其他则在我身后的墙壁上穿了无数个孔。

在收回来的黑刃再次袭来之前,我迅速在手册上写字,撕下。

纸片瞬间变成铁线枪,我扣下扳机,射出钩针。

然而,连钢铁都能穿透的铁线枪却在击中芥川之前,被一堵看不见的壁垒挡住了。

"什么?!"

他根本没有做过防御措施,这也是他的异能吗?

我还没来得及收回射向空中的铁线,芥川那件外套的一部分就先一步变成了漆黑饿兽的头。饿兽的头部发出咆哮声,朝水平方向射出。好快!

我扭转身子躲了过去,左侧肩头却被獠牙撕裂,鲜血溅了出来,但是我现在没有工夫止血。我不断后退,躲避接二连三袭来的黑兽獠牙,别说反击,我甚至都没有机会接近他!

"武装侦探社的人,你只会逃吗?真无趣。"芥川站立在那里,丢出一句话。

冷汗从我的脸上滑了下来。

他很强。

一旦被击中就会致死的黑刃以间隔数米的距离高速射出,别说反击了,我根本无法采取躲闪之外的行动。连远程武器也被轻易地击落下来,就算幸运地来到他面前,也会被刚才那道神秘的壁垒挡住。

毫无死角。

我躲避着连续袭来的黑刃,落在柏油马路上。这时,我的身体突然泛起了一股莫名的恶寒。

脚下冒出长矛般的黑刃,它们贯穿了柏油马路,同时喷射出来。

刚才我的注意力全放在空中,没想到他早已令其他的黑刃穿透了地下!

我试图扭转身体再次跳起,然而身体太过沉重,来不及了。

黑刃穿过我的侧腹,从背后刺了出来。

"呜啊……"剧痛让我的视野一片模糊。

我承受不住地跪在地上。不好,下一轮攻击要来了。只要停顿一瞬,就会死在追击之下。可是此时的我已经无能为力了。

"罗生门"的黑布缠在了我的脖子上。我的双脚离开了地面。黑布如同大蛇镰刀形的脖子般一挥,狠狠地将我撞在旁边的墙壁上。

"真没用,到底是个每天上班拿工资的侦探啊。我就直接把你的脖子拧断吧。"

黑布勒紧了。世界变成一片赤红。

"你们这些人……少来……妨碍我工作!"

在脖子被勒住的情况下，我扣动了铁线枪，但我的目标并不是芥川。

发射出来的铁线枪的钩针击中了芥川旁边建筑物侧面的水管，自来水顿时冲着芥川喷了出来。

"什么？"

即使芥川抬起手臂抵抗水流，高压的水流还是将包括他在内的路面及路面上的一切物体全部淋湿了。

"愚蠢，以为区区一点水就能让我害怕吗？"

我用左手举起手册的一张纸页。这是我刚才变出铁线枪时，同时写下的第二张纸。

"'独步吟客'——高压电枪！"

待手中出现拳头大小的可携式高压电枪，我立即接通电源，向积水的地方扔了过去。

电光一闪，地上冒出了星星。

"呜啊啊啊啊啊啊啊啊！"

遇水的高压电枪以水为导体，发出了白紫交织的光芒。

紫光仿佛一条蛇，缠上被水淋湿的芥川，爬遍了他的全身。

耀眼的紫光在路面造出了第二个太阳，留下水蒸气和爆裂的声音，最终消失了。

系在脖子上的"罗生门"黑布已经解开，我落在柏油马路上，一边按着疼痛的脖子和侧腹，一边看向芥川。

二.

芥川蹲在地上，全身都冒出了蒸汽和白雾。

"哼，哼哼……哈哈哈哈哈……"

芥川蹲在地上，笑得肩膀都在颤抖。吃了那一记电击居然还能动吗？

"武装侦探社不是一群只会吃闲饭的人啊。很好，非常好。"

"……想打就继续来，我的手册还剩无数页可以用。"

我撑起四肢，再次举起了铁线枪。

"我的确很想知道，你是否有本事将我击杀……但很不巧，似乎来了些碍事的家伙。"

我看向芥川的视线前方，接着便听到了市警巡逻车发出的警笛声离这里越来越近。大概是接到了枪战的通报吧。

"区区一个叛徒，无论逃到哪里我都可以找到。这次就到此为止吧，下次我们再继续。"

芥川一边咳嗽着，一边转身背对我离开了，仿佛散步回家一般的漫不经心。事实上，对他来说，现在不管是战还是退，都没有太大区别吧。

"你可别，再来了……"

我目送着芥川的背影，无力地跪在了地上。

港口黑手党的芥川。与传闻一模一样，不，比传闻还要厉害的祸狗。我可不想再和他交战。

我只想回去像尸体一样睡上一觉。

◇ ◇ ◇

想是这么想，但我不可能真的去睡。稍微休息了一下之后，我又到公司去汇报事件的始末。我在侦探社的医务室让医生帮忙紧急处理了一下腹部的伤口，等回到事务所时，太宰已经在那里了，正带着一脸结束任务的表情喝着茶。

"太宰，你抓到司机了吧？"

"当然。我已经三下五除二地把他绑起来交给军警了。不过，犯人也很高兴，毕竟没有惨遭黑手党的毒手。"

那我就放心了。看来太宰也不像我当初想的那样傻。

在黑手党袭击我们的同时，太宰说要分头行动，当他离开的时候我还怀疑过他会不会是察觉到黑手党要来袭击我们所以逃掉了，但最终一切都得到了圆满解决，看来是我杞人忧天了。

"那么，这一系列的犯人就是那个司机，一切都结束了吧。"

尽管我们东奔西跑，累得腿都要断了，却没有得到任何报酬。最多就是得到军警赐予的感谢信和不值钱的谢礼，然后宣告事件结束。唉。

"我今天没心情继续工作了，把杂务做完之后就去喝一杯吧。"

"前辈请客吗？"太宰喜上眉梢地笑着问。

"真是个不讨人喜欢的后辈。我会请你啦，但你明天要认真工作。"

我坐回自己的桌边开始处理剩下的事务。

看了一遍用于传阅的文件,给几个地方打了工作性质的电话,写好这次事件的报告书。

抬头不经意地一瞥,发现工作电脑上收到了一封电子邮件。我没怎么在意地随便看了一下。

我的眼睛一行行地掠过文字。

看到最后,我又从头再看了一遍。

"太宰。"出声之后,我才发现自己刚才一直都在屏住呼吸。

"喝酒的事需要暂停,有工作了。"

"咦——我已经做好去喝酒的准备了啊,连胃都凹成酒杯的形状了。"

"有人发来了委托,就是诱导我们去那座废墟的匿名委托人。"

我的喉咙十分干渴,舌头也僵硬起来,非常不想说出这句话:

"委托内容是,拆除炸弹。如果在明天日落之前没有发现炸弹并将其拆除,会有上百人死亡。"

幕间 一.

深夜。

寂静的路边,远远可见热闹又愚蠢的繁华街上灯火辉煌。

有一个人静静地坐在车里。

车子停在空无一人的停车场。

二极管的荧光淡淡地映照着车里的那个人。

"麻烦的工作就尽快解决掉吧。"

他自言自语道。

他的腿上放着一台超薄型的笔记本电脑,手指则在键盘上敲敲打打。

屏幕渐渐被文字覆盖起来。

"我真的很不擅长这种电子游戏啊。"

他微笑了一下,手指轻盈地在键盘上敲击,让一排排文字随之起舞。

"不过,唯独这件事,不能交给其他人去做。"

在依稀的黑暗中,他独自露出了笑容。

"那么,侦探社,以及国木田君,能够看穿这个陷阱——保护横滨这座城市吗?"

幕间一.

他——太宰透过车窗向外看去。

横滨闪烁的路灯倒映在波浪起伏的漆黑海面,不住地晃动——

三.

十二日。

吾夜宿于司至旦。

孤枕辗转不能寐,临灯而坐,思绪万千。

世上诸人,或死,或将死,吾亦为其一也。

吾皆生于乾坤一隅而微,度浮生,终归于尘土尔。

上邪,可告之吾否。

"现在开始讨论全公司的汇报事项。"
我向围在桌边坐下的出席者们说道。
这里是公司的会议室,平时也拿来当会客室使用。在座的人共有七名,既有事务员,也有调查员。可以说几乎是侦探社的全部主

三.

力，而这些人汇聚一堂的情况是极为少有的。

我翻开资料，进行说明。

"事情的经过各位可以参照自己手边的资料。概括地说，现在外界有人以侦探社为目标进行恐吓，并且是恶毒又周密的丑闻攻击。"

"在场所有人都知道侦探社现在很不妙，你还是简单说说那个炸弹事件之类的吧。"

其中一名到会者——公司的专属女医师——与谢野医生出声说道。

"我明白了。这就是恐吓者发来的电子邮件。当中有可能与犯人的特征有所联系，请大家务必看一下。"

我把资料发了下去。打印出来的纸张上，用恭敬的文字写着如下内容：

谨启

祝愿贵公司越办越红火。

前几日承蒙您接受了调查建筑物的委托，对于您迅速的处理和帮助，敝人表示由衷感谢，并希望能再次委托您一件事。

就在刚才，敝人等于市内某处安装了某大规模炸药。因此，为了市民们的安全，希望您能火速发现并拆除这枚炸弹。

另外，炸弹的启爆期限为明日日落之时，敝人希望您能在此期限内解决这起事件。

由敝人等制造的这枚炸弹，与某事件中曾经夺去上百条宝贵性命的炸弹相同，因此此次事件的被害情况必定惨不忍睹。

如同太阳掉落一般的白光和无法扑灭的大火，鳞次栉比的建筑物全部塌毁，着火的人们慌忙逃窜，路面融化，被吹飞的车辆撞进建筑物既而熊熊燃烧，那简直就是一个地狱。为了不让横滨街头出现如此惨剧，还望侦探社的各位能鞠躬尽瘁，死而后已。

再说几句多余的话，跟上次的委托一样，敝人会事先用监控收集侦探社的动向。若不巧未能拆除炸弹，则按照上次那样将各位失败的影像公之于世，敬请谅解。

顺祝各位身体健康，生活幸福。

此致

敬礼

苍之使徒

"……真是让人恶心的信。"与谢野医生嫌恶地说道。

"完全同意。联想到上次在废弃医院里的监视器，很明显，将贬低侦探社声誉的影像散布到各处的犯人就是这个自称'苍之使徒'的委托人，也是这次炸弹恐吓事件的主犯。对方的目的就是威胁我们，'如果侦探社不能找出并拆除炸弹，那这次的失败就会跟上次一样被散布到各界'。"

"犯人的目的是想砸了侦探社的招牌吗？"社长冷静地说道。

"有可能。"

侦探社曾经战胜过无数困难，如果想直接用暴力攻陷这里，至少得派出一个师的战力才能办到。

但我们毕竟是营利企业，既然是靠委托人的依赖来维持的服务业，就不得不提防这种类型的丑闻。如果拆弹失败的报道流传得过广，甚至被司法介入，那侦探社的社会评价就会一落千丈，说不定会被逼入关门大吉的窘境。

"炸弹的安装地点，有头绪吗？"

"基于对方所说的'爆炸会导致上百人伤亡的地方'，事务员们筛选出了一部分候补地点。不过，像车站、大厦这种的候补地点实在是太多了，想在期限之前从其中找出炸弹想必非常困难。"

"从监视器入手呢？"

的确，按照犯人在恐吓信上面所写的，想搞臭侦探社的名声需要录下"拆除炸弹失败"的影像，并将其流传到社会上。为此，他们应该会像上次一样采取同样的偷拍装置。

可是——

"监控器或者窃听器，如果都使用电池型的最新款，就可以收集几天的影像和声音。形状也如骰子或钢笔那么小，在爆炸导致功能停止之前都会一直通过无线传送数据。这种东西比炸弹还要难以发现，所以从这方面入手不太现实。以防万一，我已经联系分销商询问过是否有人大量购买过这种类型的装置，但——"

到现在为止还没有收到令人满意的答复。

"有没有符合'苍之使徒'这个名字的犯罪者？"

"这个现在也没有发现。"

"苍之使徒"。这次与上次的委托唯一不同的地方就是，犯人主动报上了名字。说不定这个举动包含着什么特殊的意义。

当前可以掌握的情报有两点，一是"苍之使徒"拥有很专业的炸弹知识；二是，不知为何，他们执着于诋毁侦探社。

"现在我们正在联系合作机构，请他们列出拥有专业的炸弹知识，并且怨恨侦探社的人物。"

"还联系不到乱步先生吗？"与谢野医生问道。

我记得乱步前辈那边应该是社长亲自联系的才对——

"今早联系上了。九州那边似乎也渐入佳境了。他正在准备往回赶，但是否能赶在日落之前还很难说。"社长双手环胸地说道。

与谢野医生所说的乱步先生，是指侦探社的主力调查员——异能力者江户川乱步。他的异能力名为"超推理"，是一种厉害得有些可怕的能力，从杀人、伤人到绑架，只要他看一眼事件，就能够找出真相。如果乱步前辈在，这次事件应该也很快能够解决——但是，中央官员发来一个强制性委托，他现在正在调查一起灵异杀人事件，据说是一名白发苍苍的死者死而复生，把妻子和挚友全部杀

三.

害了。因为要到九州出差，所以没法立即回到横滨。

"不能和那名被拘留的司机见面吗？"社长发出了第三次询问。

"司机现在在军警的特殊航空输送机，正身处空中。这是以防黑手党暗杀而采取的隔离手段，不过我觉得这样一来，想与他见面也非常难。"

如果目标在空中，就算厉害如黑手党也无计可施。但也因此令我们很难从计程车司机这个重要人证身上收集到情报。

"先去联系军警谍报部，让我们与航空输送机通话，并把我们的询问事项用文字回答出来。"

"我这就去准备信函。"

我认为那个司机是"苍之使徒"的可能性很小。他不可能把自己监禁被害人的地方故意通过邮件告知侦探社。司机自己的罪行也是被"苍之使徒"秘密告发的，从某种意义上而言他也是受害者。但如果是这样，司机和"苍之使徒"之间会是什么关系呢？

不管怎么说，我们只能期待他知道些什么了。

"所有人听好，这次事件是针对武装侦探社的情报攻击，性质十分恶劣。我们的搜查对象有两个，即发现攻击者'苍之使徒'，以及拆除炸弹。以时间有限的炸弹为最优先。如果没能及时找出炸弹，致使人员伤亡，那我们就没有资格自称侦探。大家要有所觉悟，我们在这场战役中赌上的不是公司职员的身份，而是身为一个人的尊严。搜查行动正式开始。"

在社长的一声令下之后,所有人都站了起来,开始行动。

○ ○ ○

忙乱到让人甚至没有时间呼吸的搜查开始了。期限是今天的日落时分。在此之前我们要在全市找出不知道藏在哪里的炸弹。时间根本不够。

在调查的时候,我突然想起一件事,于是拿起了电话。我曾经让六藏少年追查第一封委托邮件的来源,如果他那边有结果,那么事件就能有很大进展。

在漫长的呼叫音之后,六藏少年拿起了电话。

"喂……我是田口,现在不在……呼啊……不在家。回见。"

"喂,开什么玩笑。我有急事。"

"搞什么……是戴眼镜的啊。你知不知道现在几点?才刚刚早上九点啊。"

"早上九点还在睡觉的人就只有你这个不适应社会生活的家伙。要早睡早起,还要经常出去活动。你的生活太不健康了。"

"干什么啊,自以为了不起,你是我爸吗?"

"不是,我——"

我当不了你的父亲。

我把未说完的话咽了回去。

"总之,情况有变。现在必须迅速找到上次发来委托信的人。你那边的调查有进展吗?"

"那个啊,比我想象的要难。太专业的内容就省略不说了,但对方动了些手脚,给我设计了好几处集线器,让我找不到准确的发信源。这绝对不是外行人的恶作剧哦。"

我已经切实体会到对方不是外行人了。

"同样的发信人发来了第二封电子邮件。两封一起,你能锁定发信源吗?"

"虽然可能性提高了,但还是要做了才知道——不过,也不是没有别的办法啦。"

"什么意思?"

"就是让木马入侵集线器,然后从那里进一步追查发信源。虽然会比较费工夫,但是可靠性比较高哦。只不过,会稍微触犯到法律。"

"不要紧。这都是大事面前的小事。做吧。"

"哎呀,你确定吗?真不像有洁癖的你会说的话。刚才那段话我可录音了哦,作为交换,快把之前我入侵侦探社时的记录还给我。如果我这么说,你会怎么做?"

"到那时就还给你。你快点去做。"

本来我就没打算把那个记录交给警察。我是为了找个交换的借口才故意说错话的,但六藏少年似乎并没有注意到。

三.

"戴眼镜的,你太大方了。记得要另付委托费哦。"

说完,他把电话挂了。

我拿着传出盲音的话筒沉思了一会儿。

现在没有时间伤感了,炸弹才是重中之重。如果不能在规定时间内准确地发现,就会演变成死伤惨重的巨大灾难。话虽如此,可现在我们一点线索都没有。

该死,在这个时候太宰跑到哪里去了。

◉ ◉ ◉

我来到繁华街,不出一会儿就找到了太宰。

他正在马路对面的咖啡店里追求一名女子。

"你是第一次来横滨吧?不嫌弃的话,我带你在街上转转吧。"

"不好意思,让您费心了……不过您方便吗?因为炸弹事件,侦探社现在的情势好像不容乐观啊。国木田先生也从一大早就忙着到处联络调查……"

"因为国木田君是个工作狂嘛。你知道吗?他要是跟别人约好十二点左右见面,就会在十二点前后十秒之内的时间到达哦,就跟火车似的。"

"哎呀……是这样吗?"

"喂,太宰!上班不要偷懒。而且,不要把我的事当成你追求女子的谈资。"

"还有哦，国木田君上次在那个废弃医院里，因为怕鬼，带着少女般的哭腔说——"

"听我说话！"

看太宰依然愉快地对佐佐城女士聊天，我冲着他的后脑勺狠狠地揍了下去。

"痛！你干吗啊，国木田君？咦，国木田君，你在啊？"

"什么叫你在啊，你刚才是明知道我在还故意往下说吧。侦探社现在忙成一团，你居然还跑到这么时髦的地方约会，而且对方可是事件的被害人啊。"

"你羡慕？"

"羡慕个屁！"

我才没有羡慕，绝对没有。

"真不近人情啊。她差点被凶手杀了，心灵受到了重创哦。保护她，并且关怀她，才是侦探社重要的紧急任务吧。另外，对有过痛苦经历并受过伤的女子，就要用温柔、笑容和包容力来攻陷，这是我的经验之谈。"

"最后那句台词暴露了你的本性，白痴。"

……姑且，过后把这段经验记在手册上吧。

"但是，穿着这么随便的衣服走在街上的你有机会出场吗？这么漂亮的女子至少会有一个男朋友吧。"

三.

"就是因为这么想,你现在才只能原地踏步。我听佐佐城小姐说,她没有亲人,也没有可以依靠的好友哦。唯一的恋人也在不久前分手了。"

虽然我听说她没有可以依靠的人,但没想到居然这么严重。

"所以,国木田君,你有戏的。"太宰坏笑着用手肘顶了顶我的侧腹。

"什么戏?"

不懂他在说什么……我摆出这样的表情。

"太宰,你听好。我之所以会到这里来,是为了向今早没来开会的你说明现在的情况。如果你下次再敢无故缺席,我就在你自杀的时候采取及时又合适的处理,让你平安无事地活过来。"

"哇,国木田君,好冷酷的主意啊……"太宰露出嫌恶的表情。

对此十分满意的我将手上的文件放在桌上摊开。

"这是最新情报。我们收到了军警从绑匪司机那里听取的口供记录。他承认把失踪者关在废弃医院,并安装了用于防止他们逃跑的瓦斯。但是他承认的只有这些,说自己并没有安装过偷拍的监视器。我觉得他既然已经被抓,就不太可能说谎。也就是说……"

"犯人至少有两个人吧。绑架的人和拍照的人。前者是司机——后者就是'苍之使徒'吧?"

"恐怕是。"

"请问……"佐佐城女士小心翼翼地对我们说道。

"这种事可以让我听到吗?侦探社的搜查机密……应该不能让无关人士知道吧?"

"佐佐城小姐是被害人,无疑就是相关人士啊。不用放在心上。否则凡事以规矩为首的国木田君是不可能当着你的面说明的。"

"我对规矩并没有看重到这种地步,只是普通程度。"

"看吧?他是个很幽默的前辈哦,偶尔还会像这样开几句很搞笑的玩笑呢。那么,然后呢?有没有其他关于我们所追捕的犯人的线索?"

"只是普通程度。"

"……抱歉,的确很普通呢,我明白的。继续往下说吧。"

不知道他为什么向我道歉。

"那我就继续说了。那个司机的经历已经被彻底调查清楚了,单从情报来看,他与黑社会并没有任何接触,只是个极其普通的计程车司机。既没有前科,也没有可疑的交友关系。这种人不太可能自己想到要去绑架别人,并且勾结上器官私卖组织的买家。应该有人怂恿过他,说贩卖器官'很容易来钱'。"

"那个人就是'苍之使徒'?那就问司机他叫什么呗。"

"关于这一点,司机死活都不肯说,说如果告诉我们,他就真的会被杀掉——虽然我们很想逼他说出来,哪怕是严刑拷打,但是很不巧,那家伙现在在空中被人严格看管着。在与军警交涉的期间,搞不好就到规定的日落时分了。"

三.

这次的犯人究竟是谁？

他们向司机提供贩卖器官的消息，在废弃医院安装监视器，制造炸弹，将其设置在某个地方，并且一直威吓侦探社。对方到底有什么目的？

"不好意思，我想冒昧地插一句话……"一直安静地听我们说话的佐佐城女士开口道。

"你们刚才说的那个'苍之使徒'……会不会就是'苍旗的恐怖分子'事件的犯人呢？"

"那起事件吗？"

"苍旗的恐怖分子"事件。

是六藏少年的父亲殉职的事件。

在看到"苍"这个字的时候，我也有一瞬间怀疑会不会是那家伙干的好事。

"但是事件的主谋'苍王'应该已经死于自己引发的爆炸中了，死者是不可能威胁活人的，这是世界真理。"

"国木田君你说得真棒呀，那鬼就没什么可怕的了嘛。"

"不要再提鬼的事。"

"可是……我听说那起爆炸非常大，'苍王'的遗骸消失得无影无踪。会不会是他假装自己死了，其实逃到哪里躲起来了呢……"

这个可能性我也想过，并且询问过军警，然而得到的却是否定回答。

"据军警的现场分析组所说,'苍王'肯定已经在爆炸现场死亡了。他们的分析技术是非常可靠的,而且在那个现场中,他们同为警察的同事也受到波及一起殉职了,我觉得他们不可能犯错或是看漏些什么。"

"可是……"

"我对'苍王'不怎么了解,他是那种为了向侦探社复仇,不惜从地狱爬回来的人吗?"

这家伙一点儿也不用功。我只好无奈地讲解起来。

"苍王"是"苍旗的恐怖分子"事件的主谋者,他以政府设施为目标,进行各种袭击与破坏。作为国内的独自犯罪者,他可以说是世界大战之后规模及影响最为恶劣的恐怖分子。

据说在揭"苍旗"而起之前,"苍王"只是个优秀的国家官员。

他以学生主席的身份毕业于最高学府,从海外留学归来之后,他成为了一名中央文官,在行政与立法的世界怀抱凌云之志,是一名极其普通的青年。但是不知为何,他后来的志向却变成了以破坏为手段的大肃清,原因至今不明。

某天,国内的主要电视台收到了一盒录像带。那是一份犯罪声明,主角是用拔染的"苍旗"挡住脸的青年。青年在播放中自称"苍王",感叹这个不健全的世界,并声称不健全的世界只能用不健全来弥补。

"不管我们怎样祈求,邻居都会生病,父母都会死亡,坏人都

三.

只有一小部分才会得到制裁。

"那就祈求一个理想的世界吧。"

"这个世界不是由神创造,而是由不健全的我们,用一双双的染血之手开辟出来的。"

在这份宣言播放的同时,国内有三处政府设施遭到了攻击。分别是市警相关设施火警、行驶中的汽车追尾以及军警驻地爆炸。经过事后调查,得知遭受攻击的被害人分别为:残害八条人命却因检察文件不齐全而无罪释放的杀人犯,据传私吞了支援发展中国家难民预算经费的执政党议员,年轻宪兵惨死于暴力之下却隐瞒了实情的一个排的军警。而这些人,全部在这些事件中丧生了。

他用犯罪行为,给那些没有受到法律制裁的人判了死刑。

这种闪电式的行动让所有人都为之一震。那些政府设施全部布下了严密的警备与高级的防御网,可他能在同一时间破坏好几处。任谁也想不到有人会发动这样的攻击。

之后,苍王还在不停地犯罪,进行着对他人的判刑。

面目全失的军队及政府机关向全国下令,迅速将"苍王"提拿归案,甚至要求侦探社也来支援。

后面的事情就像我之前讲过的那样了。我们发现了他们的基地,然后闯入,对方自爆。最终,这起事件的解决,建立在堆积如山的死者尸首之上。

"但是,如果犯人就是'苍王',那他为什么这么执着于让侦探社名誉扫地呢?"

"他恨的人不应该是你吗,国木田君?"

"苍王",恨我?

追踪苍王并直接获得情报的人的确是我。是我把他的基地位置告诉了市警,因此逮捕组才会出动。可是——该不会……

国内犯罪史上最凶残的恐怖分子,"苍王"的——亡灵。

"苍王"即使死了,也要为了一雪自己的怨恨,所以向我和侦探社伸出复仇之手——

"不管怎么说,在知道对方真实身份之前还是多加警惕比较好。不知道谁会在什么时候被人盯上哦。我们还得把佐佐城小姐藏到安全的地方去。"

"你是说侦探社吗?可是那里晚上都没有人啊。要去哪里——"

这时,我突然意识到了太宰的奸计。

"我说你,该不会是想用保护人家安全为借口,想把女人藏在自己房间里吧。我不会让你这么做的,每日每夜都在一起,做那种不三不四、不健康的事。你是野兽吗?真是太不像话了,如果是我会更加体贴对方——"

"等一下,国木田君。我和佐佐城小姐之间什么事都没发生过哦。"

"啥?"

"就是说,她第一天住我那里的时候,我是睡在隔壁房间的,

三.

之后也没有碰过她一根手指。就算我再怎么轻浮,也不可能没有常识到在人家差点被杀的那天出手吧。更何况还有难缠的前辈一直盯着我。"

咦……是这样吗?原来是我误会了啊。

"不过我其实知道你误会了,但因为很有趣,所以就一直没有提醒你。"

这家伙……

可是,像我这种简单又廉洁的正经人如果犯下了这样的错误,他只要说一句"只不过住了一晚就能推测出这么下流的事,国木田君你果然是个闷骚男呢",就会把我所有正确的言论统统堵住,让我苦闷得找不出可以反驳的话。好歹他没有这么说,已经算很不错了吧。

……谁都会有这种推测的吧。对方可是太宰啊。

不管怎么说,好在太宰不是那种见到女人就会马上出手的白痴。只是很难与事件的被害人保持距离。

"说话不要用容易让人误会的措词。什么都没发生自然最好。以后也要和事件的相关人员保持一定的距离,构建合适的关系。这才叫专业人士。"

"……我知道了。"

太宰点了点头,然后对佐佐城女士说道:

"说起来,佐佐城小姐喜欢什么类型的男人?"

"你那句'我知道了'是哪国话?!"

我收回刚才说的,这家伙就是个花花公子。

"喜、喜欢的类型吗……真不好意思,像我这样的人还要对异性有要求,实在是太不自量力了……但是,那个……我觉得有理想有抱负、专心致志地去做某件事的男人,非常出色。"

她说什么?

"啊,不行啊,这不完全就是国木田君嘛,看来我没戏了。啧,那之后就你们两个聊吧,我去一边数数我两只手有几根手指。"

"太,太宰,站住!不要擅自脱离谈话!"

"你做什么啊,害我都忘记数到几了。"

"闹什么别扭!快回来坐好!"

在这种时候让我和她单独相处,我根本不知道要说些什么啊!

"但是,那个……我只是个普通的女人,就算陪在为理想而奋斗的人身边,也无法帮到他。就算绞尽脑汁地想支持他的理想,也只是徒劳一场,弄得双方都疲惫不堪……最终,他在我与理想之前,选择了将我抛弃。因此,我今后不想再与理想主义者交往了。"

佐佐城女士露出了脆弱的笑容。什么啊……

"国木田君的表情可真好懂啊。"

"我,我可什么都没想!把头转过去,太宰!"

"好痛!"

我强行把太宰的脖子扭向了别的方向。

三.

"叫我过来又叫我把头转过去,你可真麻烦啊。我们回归正题吧。"

……之前讲到哪里来着?

"啊啊,有关佐佐城女士的安全问题。警察那边倒也不是没有门路……"

"那个……劳烦你们考虑我住宿的问题,我真的很高兴,但是太给大家添麻烦了……从今天起我会去找旅店住的,请你们不要费心了。"

"不行。旅店谈不上安全,而且在那件事发生之后还很不吉利。不过太宰的私宅也是一样,谁知道他什么时候会化身成禽兽。来我家吧。"

"咦?"

"咦?"

"不是,我,我可没有什么不纯的动机啊!"

"不,从刚才说的话来看,不管怎么想你的动机都让人觉得极度不纯啊。你还真是不死心啊。"

"不是的!我只是单纯地……"

"哈哈哈,我逗你的啦。佐佐城小姐,国木田君的家的确很安全。而且不用担心,他胆子没那么大……不对,他是一个为理想而活的品德高尚之人。要看他的手册吗?他理想中的女性形象可是很厉害的哦。"

太宰将手册递给佐佐城女士。见状,我大吃一惊地摸向自己的口袋,这才发现手册不见了。

"太宰!你什么时候顺走的?!"

"看,就是这页。"太宰翻开手册,指着说道。

"啊……这样做合适吗?"

"你很感兴趣吧?"

"嗯……这个,说实话,的确是有一点。"

佐佐城女士羞涩地笑着,看向了手册上的文字。

她的脸色越来越苍白。

"咦,这是什么……原来如此。但是这个……"

理想的女性形象。

手册八页,十五项。涉及五十八个要素的超级大作。

"咦……啊,也就是说……唔,啊……"

我想起了太宰说过的话。

"这一页千万不要让女子看到,她们会对你退避三舍的。"

当佐佐城女士看完,再次把头抬起来的时候,脸上已经没有了最初的笑容。

有的只是仿佛被人雕刻出来的石膏脸,以及生命力枯竭到极低温的微笑。

"国木田先生。"

"你请说……"

三.

"这是不可能的。"

○　○　○

谁给我拿瓶酒来。

○　○　○

在我国中心、聚集了经济政治中枢功能的首都东京某地，有这样一座建筑物。

这座建筑物里每天都有各种各样的人进进出出，很多褐色、白色等形形色色人种的外国人在这里勤劳工作。

这里是美利坚合众国驻日大使馆。

是我国国内占地面积最大的外国领土。

普通来访者都在等候区那里排着队，尽管已是午后时分，人们还是安静地等待着。大家都像在等待审判一样一言不发，凝视着只有自己才能看见的、某些超出概念范围的东西。

安装在室内的超薄型液晶电视上正在播放美国棒球联盟的实况录像，戴着黑色帽子的白人男子正当壮年，因自己拥护的职业棒球队失分而发出了疲惫的埋怨。

我看向身边的太宰，他笑得十分开心。

想必他非常期待即将开始的作战计划吧。

这可不是开玩笑。

"国木田君，你准备好了吗？"

"我的胃已经开始痛了，算我求你，可千万别搞砸了。一旦出什么意外，我们两个都会被国际法制裁的。"

"国际罪犯……听上去真帅啊。那我上了！"

"喂！"

我的心中涌起一阵不安，正想阻止太宰，他却已经走向了接待处。

另外，太宰穿着满是补丁的破烂衬衫，我则穿着藏青色的高级西装，还打了领带。

太宰站在大使馆人员工作的接待处前，一开口就发出了洪亮的声音。

"我说，还——没——轮——到——我——吗?!我已经等了六个小时了！"

周围的人都回过头来。一名日本籍的女接待员翻了个白眼。

"烦烦烦，烦死人了，我等不下去了！现在立刻把你们领导给我叫来！"

太宰指手画脚地向接待员不断抱怨道。虽说这是我们的作战计划，但是看到一个大男人做出这种事，那种丢脸的感觉让我都快吐

三.

血了。如果让我做这种事,我宁愿服毒自尽。

"不好意思,请问您要办理什么业务呢?"

负责接待的日本女子已经混乱了,但还是问了一句。尽管勇气可嘉,但对手可不好对付。

"我刚才不是说过了吗!我要避难啊,避,难!我由衷地恳求可以去你们大名鼎鼎的联邦合众国避难!可是从刚才起就一直让我左等右等!还是说你们拒绝收容我?是要拒绝我吗?区区一个事务员,居然敢下这样的政治判断,这可是非常严重的越权行为啊接待员姐姐!"

"你在这里吵什么吵!扰乱大使馆秩序可是重罪!"

太宰的大闹自然惊动了守着入口处的警卫,他们向着太宰跑了过来。

该我出场了。

"慢着,我是那名喧哗男子的同伴,请问你们有权力逮捕他吗?"

我挡在跑过来的警卫面前。

"维也纳领事关系公约,第三十一条第二项!'接受国官吏未经领馆馆长或其指定人员或派遣国使馆馆长同意,不得进入领馆馆舍中专供领馆工作之用区域'!在他被领馆馆长认定为闹事者之前,他就是大使馆的宾客。如果你们想不经允许就阻止他找茬,会变成国际问题的!"

被我当头一喝，警卫们都不知所措了。

当然，他们应该也是熟识维也纳领事关系公约的，但在突如其来的"国际问题"的恫吓下，会犹豫退缩也是人之常情。

"避难——叫——你——们——领——导——"

就像在庆幸自己没有被警卫阻止似的，太宰躺在接待处前的地板上滚来滚去，还不住扑腾着四肢。虽然这一切都是我们计划内的行动，但我没道理地涌起了一股杀意。

那么，为什么我们武装侦探社会如此高调地在属于外交要地的驻外大使馆断然实行这种五岁儿童闹着要买玩具一般的攻击呢？

"炸弹狂魔是外国人？"

就在刚才那家马路边上的咖啡店里，我发出了疑问。

"没错，而且还是个专家。"太宰喝着咖啡回答道。

太宰是在佐佐城女士接到了大学同事发来的联络后，才指出了这一点。

"我在大学专修犯罪心理学，说不定有些信息能帮上你们。"女士说道。

没想到佐佐城女士居然是世界上小有名气的犯罪学研究者。她曾数次在著名学会上获得表彰，是一位前途无量的年轻助教。她从同行的资料中，独自帮我们调查了过去的类似犯罪事件。

三

"我的同事，另一名犯罪学学者调查了过去的案例，似乎并没有发现日本国内曾经发生过像这封恐吓信上所写的那样，危及上百人性命的炸弹事件……当然，不包括之前那场大战中的战死者。"

"那就是国外的事件了？"

"对。在国外，曾经因政治斗争、意识形态造成的恐怖袭击等事件中发生过几十起炸弹事件。但是资料上基本都没有记载详情，并不知道炸弹的种类和制造者……对不起。"

"不，这个消息非常好。也就是说，制造炸弹的'苍之使徒'知道那些爆炸事件的炸弹结构和组成。这说明我们离犯人的真实身份又接近了一步吧？"

"可是啊，我们必须查明那个犯人究竟把炸弹藏在什么地方。按目前的形势，还来得及吗？"

至少需要知道犯人的长相和名字，否则根本没有办法搜查。

太宰把大拇指抵在嘴边，陷入了沉思。

"这个犯人躲了起来……肯定找不到。"太宰突然嘀咕了一句，"看来……只好让我去做了。"

"做什么？"

"我说，国木田君，恐吓信上明确地写着，炸弹是他'制造'的对吧。但是杀伤力高达数百人的炸弹，是这么容易就能造出来的吗？"

"对普通人来说虽然很难，但要是有专业知识那就简单了吧。"

由于我修的是理数系的学问,并且在侦探社一直处理危险业务,所以关于危险化学物质还是有一定程度的了解。

在制造炸弹等危险药品时,要极为慎重,严格控制温度和碰撞等条件。稍微弄错一点顺序就会在制造途中爆炸。但是材料本身倒是很简单,很多甚至都能在小学的理科实验室找到。盐酸、硝酸、氮肥、铝……都可以通过合法的途径得到,而且十分便宜。在制造炸弹中最大的问题是混合比例与制造顺序,以及搬运和引爆技术。

"我听过一个说法,每个制造炸弹的专家都有自己独特的配方,在贩卖炸弹的时候,这就会成为他们的品牌——"

"就是这点,所以应该不会轻易制造出'在过去的事件里使用过的同种构造的炸弹'啊。"

"那么……你是想说……过去曾经炸死上百人的炸弹事件中所使用的炸弹,跟这次事件的炸弹,是同一个人制造的?"

"不光是这样,你不觉得那封恐吓信上面关于爆炸的描写,有种怪异的视觉真实感吗?"

我再次看向那封信。"如同太阳掉落一般的白光和无法扑灭的大火,鳞次栉比的建筑物全部塌毁,着火的人们慌忙逃窜,路面融化,被轰飞的车辆撞入建筑物既而熊熊燃烧——"

"我在想,写这封信的人,是不是亲眼见过这样的场面呢?"

"什么?"

"佐佐城小姐,在过去几起国外的爆炸事件中,有没有哪次的

三.

报道影像连爆炸的情况都拍下来了？"

"没……这个还真没有。如果发生规模这么大的爆炸，被牵连的人应该顾不得拍摄吧。"

"一般来说是的，但是这封恐吓信，非常明确地描写出了爆炸后大街小巷的景象。而且从表达上来看，那应该是爆炸发生几分钟后的样子。这个人会不会装完炸弹逃跑之后，又回到现场了呢？所以才看到了这种场景。"

"也就是说……过去那起爆炸事件的犯人，也是这个'苍之使徒'了？"

如果是这样，犯人的范围就更小了。炸弹专家，过去发生爆炸事件时身在国外，而且现在进入了日本的人物。但是——

"不行，光凭这些还不够。"

"为什么？"

"因为你没去开会所以不知道，我们已经请公安和军警的合作机构筛选过国内制造炸弹的专家了。结果没有找到有嫌疑的人。国内的候选者名单上似乎没有哪个人拥有能够制造出杀伤力高达数百人的高纯度炸弹的技术，并且行动还没有受到监视的。但是，我们也不能从现在起把国内的外国人一个个询问一遍。"

"嘿嘿……"太宰扯出一抹坏笑。

"你干吗笑得这么恶心。"

"虽说咱们侦探社非常出名，有时甚至连军警都来请求支援，但还是有一些名单是不允许我们看到的。就是国外谍报机构的情报啊。以他们的作风，一定掌握着过去炸弹事件的嫌疑人。"

"你说国外谍报机构？"

提起国外谍报机构，就以美国的中央情报局(CIA)和国家安全局(NSA)，英国的秘密情报局(MI6)最为出名。为了保卫本国的安全与繁荣，他们隐藏真实身份在各国进行秘密活动。可是——

"国外的谍报机构不可能把自己的秘密情报交给日本的民营企业。再说了，你在谍报机构有熟人吗？"

"没有。"

"我就知道。"

"但是，我知道去哪儿能见到他们哦。"

——我有一种不祥的预感。

因此，我们就开始了秘密潜入大使馆的作战计划。

太宰制定的计划非常简单——

在大使馆中引发纠纷。

顺利的话，为了整顿局面，或许会有地位更高的人来接见我们。之后我们再与那名高官交涉。对于在国外活动的谍报员来说，本国大使馆既是据点，也是一块宁静之地。如果是大使馆，肯定会与谍报员有所联系。

三.

这个手段的确既乱来又勉强。

可是太宰制定的这个计策又的确让我在走投无路的搜查中看到了一缕希望。

在与太宰一起工作的这段时间里,我感受到了一件事:他偶尔在别人面前显露出来的那种思考速度与深度,都令人极为惊讶。太宰这个人,深不可测。在他那离奇古怪的举止背后,我能感觉到一种散发出微弱寒意的——恶魔般的智慧。

我觉得他不像是一个没有任何经历的无业游民。每次问他这一点,都会被他巧妙地转移话题,所以我并没有追根究底,但是太宰会不会有过什么不可告人的经历呢?比如说某些违法的——

"喂,快让我避难啦!接待员姐姐!喂,看看我啦!不要把目光移开,看着我呀!没错,就是这双眼睛!再多看我几眼!"

——不可能吧,他就是个白痴。

"不好意思,那么,请填写这份排队的文件……"女接待员战战兢兢地取出一页纸。

"这个我刚才也填过了啊!"太宰大声叫唤。当然是撒谎。"我用这支跟了我好多年的钢笔,把所有栏目,连那些微不足道的小栏目都密密麻麻地填满了,但是没有任何进展,所以我才过来跟你们直接交涉啊!"

太宰从胸前的口袋中掏出一支黑色的粗钢笔给人家看。

"这支跟了我好多年的钢笔和某个中东的独裁者所用的是一个

型号哦。厉害吧？你想看可以看哦。既贵，又重，而且超级难写。如果用这个把那张详细的文件填好几次，是个人都会生气吧？你说呢？"

用这种笔来写字的你才有问题呢，虽然我心里这么想着，却只是静观其变。

"接待员姐姐，我是个小说家，你看过我的书吗？下一部作品我就写给你吧，以你为主人公。快让我跟领导沟通啦。故事就是我和你一起殉情。(**注：此处暗指现实人物太宰治的生平。**) 如果我能出去避难我一定会写的，就用这支钢笔。"

太宰演起废柴作家来格外得心应手。我有一种预感，他平时就是以这种方式在酒馆里勾搭女子的吧。

"喂，快帮我想想办法啊，这样下去会出大事的，我会被那群可怕的公安杀掉的。都怪我在小说里想写什么就写什么，凭什么啊，凭什么我只是写了外交部的大人物其实戴了假发就要被政府机关盯上啊，这是侵犯我人身自由，我绝不允许政府横行霸道！也不允许假发！"

"喂，小哥你很吵啊！我都听不到棒球了！还有假发哪里不好了！"

一名白人用沙哑的声音吼道。他戴着黑色的帽子，正坐在等候区观看棒球实况。可这种程度的冥落是不可能阻止太宰的。

"你说什么！明明是听到别人说假发就生气的人才有问题！既

三.

然这么生气的话,不如从一开始就把那颗闪闪发光的秃头放在太阳底下晒啊!"

"那个……不好意思,您看您的同伴……"一脸凌乱的事务员向我投来了求助的目光。但是很抱歉,我们也是为了人命才做的。

"我是他的责编。虽然我很清楚您身为事务员的辛苦,但是如您所见,他现在什么都听不进去。如果能有权限较高的官员亲自下判断,他或许就会放弃了,所以非常抱歉,希望您能转达一下。"

"这样啊……"

事务员早就没了力气,已经处于半恍惚的状态了,她点了一下头,摇摇晃晃地站了起来。

"请……请您稍等。"

想必她是不愿意再继续对付太宰了吧,我明白她的心情,而且打从心底同情她。

我们等了一会儿,女事务员就回来了,把我和太宰请进了别的房间。

"请跟我来。"

"你们这样让我很难办啊。"

我们进入外交专用的会客室,看到一名秃头的白人外交官正等在那里。他递过来的名片上写的官职是三等理事官,战果不错。

但是还不够。他并没有权限知道谍报上的机密。那么,从现在开始才是重头戏。

"我理解您的立场。"

我低头行了一礼。在没有行礼文化的外国人来看,这样只会让他们感到为难,并不会放心吧。

"在这么和平的国家居然还会有人政治避难,我真是闻所未闻。就算去询问本国外交部,也一定会遭到拒绝的。因此——"

"啊,这件事已经不重要了。哎呀,大叔,不好意思啊,虽然你们特意为我们准备了房间,但我其实并不是小说家。"

我从怀中取出手册,黑底上压印着金字的手册。

"我们是警视厅的公安警察。"

"公……公安?"

理事官发出了突然的吼声。这很正常,如果对方是接受国的公安警察,那事情的严重性就不一样了。

"出于某些原因,我们不能通过正规程序与你们接触,但是我们真的是公安,您可以对照手册鉴定一下。"

我举起了警察手册。上面黑底金字地写着公安部,还附上了照片标明了所属。

理事官接过手册,将我和照片进行对比。

当然,这是伪造手册。是我用异能力"独步吟客"变出来的公安警察手册,加工得跟真品一模一样。

——会不会被看穿,就看接下来的表现了。

"出于某些原因,我们需要秘密地得到贵国的治安情报。希望您能将贵国谍报机构掌握的,本国国内炸弹制造技术者的情报提供给我们。这是有关国家治安的重大事项,希望您能尽快处理。"

我一口气把事先背下来的台词说了出来。

"简……简直荒唐……"

"我知道这很荒唐。"我又继续说道,"如果您不知道,能麻烦您转告有相应权限的人吗?"

"的确有谍报机构的人出入大使馆……但我们不可能这么轻易……"

"现在情况十万火急,有几百条人命危在旦夕。"

听到"几百条人命"后,理事官的脸色变得煞白。看来这是个好人。

"请,请稍等。"

理事官惊惶万分地擦拭着额头的汗水,用室内电话联系了某个地方。他先是小声地与对方争论了几句,之后挂断电话,重新看向我们。

"哎呀,真是太好了。本来我们是不会接受这种委托的……"

理事官面带笑容地说道。看事情进展得还算顺利,我放心地松了口气。

"谢谢您。"

"我给秘书官打了个电话,得知刚巧就在这附近,我的上司和

三.

你们的长官——警视厅公安部长正在一起聚餐。如果是公安部长的委托，本国也会配合的。哎呀，真是太好了，太好了。"

"……这样啊。"

"再过十分钟左右你们部长就要过来了，在此之前请你们随意。"理事官一边擦着汗，一边露出了放心的笑容。

……糟了。

大事不妙啊。

警视厅公安部长可是拥有警视总监级权限的公安首脑。有权限是有权限，可他对炸弹恐吓骚动一事毫不知情啊。纵然他知道了，也不可能同意我们的作战计划，毕竟我们是为了一个事实是否存在都不确定的炸弹而试图夺取国外谍报机构的机密情报啊。

更有甚者，我们只是个假冒了公安之名的民营企业。

"啊，这个，理事官，非常抱歉，那个……呃，不太方便。"

"咦？不不，你们不用担心，就算是谍报部的人，也不能随便拒绝警视总监级的委托。请放心吧。"

怎么办，如果部长现在过来，那一切就全泡汤了。

"真的不太方便。原因就是……就是，呃……"

理事官一脸茫然地回头看我。

"部长他来不了，因为某些原因。"

"是这样吗？什么原因？"

不行，我根本不擅长这种即兴发挥。

"因为部长……太忙了,要做的事非常多。"

"这样啊,忙是肯定很忙吧,但是在刚才的电话里,他说可以过来。"

"啊,说是这么说,但其实不是那个意思。虽然这样说了,但他要处理各种各样的事……"

"?"

"各种各样的,这个……像是与朋友聊得太投入不小心拖了很久,或者宠物狗吃完了狗粮要出去买,又或者拿文件去各种办事处……"

"他是主妇吗?"

理事官不解地问道。啊啊啊,我也不知道自己在讲些什么了。

"总,总之,这件事不能让部长知道。"

"让他知道……你们是瞒着上司到这里来的吗?"

"不是这样……这个,呃,是的。"

"这样不好吧,为什么这么做?"

"一不留神就……"

"一不留神?!"理事官大吃一惊。

"对,就是一不留神。呃,那个,因为事态太过紧急,我们就一不留神忘记联络部长了。所以,也就是说那个,因为事态太过紧急……我们就一不留神忘记联络部长了。"

"你为什么要说两遍?"

"再，再说下去就要涉及到机密了，我不能说。总之，请把您认识的谍报员叫来！"

再继续编下去我就要疯了！

"这样太不合理了，谍报员的情报也是我们的机密，您解释成这个样子……"

"唉……真没办法啊。"

太宰叹了口气，挺身而出。

"理事官先生，我来代替这个嘴笨的蠢部下向您解释吧。我们是不得已才瞒着部长到这里来的。因为我们得知，在公安内部，尤其是部长的左右，有内奸在与炸弹犯勾结。"

"你说什么？"

"因此，我们为了锁定犯人及公安内部的内奸，才与内部监察官合作，隐人耳目地来找您商量。我们担心一旦部长到这里来，事情就会被内奸察觉，从而让对方引爆炸弹。在此之前，我们必须要找到设置炸弹的地点。"

闻言，理事官的脸色大变。

"这……这的确是很严峻的问题啊。可是，既然这样你们怎么不早点告诉我。"

理事官说着，瞥了我一眼。

"他之所以不想告诉您，是担心所有的事情泄露出去。毕竟他是个不擅长说谎的人，这也是为了保守机密。请您设身处地地想一想,您能对日本警察明说,自己的上司有可能是内奸吗?"

"的确……"理事官点点头。

"幸运的是,我们已经将制造炸弹的主犯锁定在某个范围了,是过去曾在国外引起大规模炸弹恐怖事件的人。这对以全世界恐怖分子为敌的贵国来说,也是关系到国家治安的重要搜查。我们希望能与贵国的谍报部合作,将隐藏在体制内部的反政府势力一网打尽。您愿意帮助我们吗?"

"我明白了,我会尽力的。"

太宰……你,真有两下子啊!

"我来为二位带路,请走这边。"

理事官连忙站起,挥手示意我们跟上。

理事官带我们来到了大使馆地下的一个房间,私人专用的办公室。

他面色紧张地说了一句"请稍等片刻"便离去了,把我们两个留在了那里。

"我希望你们别欺负我家的理事官啊,他是个好人。进一步而言,他是个单纯的好人。"

不久之后,一个壮年男子出现在办公室里,他是我们曾经见过的一个人。

三.

"你是……在等候区看棒球的……原来你是美国谍报员吗？"

这个男人就是那个戴黑色帽子的白人，那个一脸无聊地在等候区观看棒球节目的壮年男子。

"不过我的所属ID是办公室清洁工就是了。"谍报员捏起胸前的名牌给我们看，"于是？因为搜查炸弹而忙到焦头烂额的二位到这里有何贵干啊，武装侦探社？"

我和太宰对视了一眼。

"你认识我们？"

"我的工作就是收集在这个国家发生的各种问题。更何况异能组织一大早就出什么大事的话，连地球的另一面都会收到消息的。从你们来大使馆的时候我就在监视你们了。"

也就是说，并不是只有小说或电影里的谍报组织才无所不知了。

"我们正在寻找在街上安装炸弹的人，这个人过去曾在国外制造过类似的爆炸事件。你们的文件里有没有记载？他本人说过，'如同太阳掉落一般的白光和无法扑灭的大火'致使上百人丧生——"

"唉……果然是他啊。"谍报员摇了摇头。

"你有线索吗？"

"说到无法扑灭的火和白光，那就是用铝粉调配炸药的亚拉穆塔吧。这是他的档案。"

谍报员从书柜里取出一捆文件。

"扎克艾尔·亚拉穆塔。拥有日本血统,中东恐怖组织御用的炸弹商。一年前进入日本,我们一直在监视他。"

"在不告知日本公安的情况下?"我一边看着文件,一边问道。

"我们是有原因的,我们希望能亲手抓住他。他不仅是个炸弹狂魔,同时还是个将炸弹卖给恐怖分子的商人。如果能拿到他的顾客名单,就可以将反美主义者一网打尽。"

我翻阅着资料,上面有亚拉穆塔的正面照片与过去的爆破手法。

"最糟糕的炸弹构成。"我咬紧了后槽牙,"如果让这东西在横滨的街上爆炸,被害人绝对不止几百。"

亚拉穆塔专门使用水胶炸药和铝粉混合而成的汽车炸弹。先在载客车上堆放几百公斤的炸药,然后用手机之类的信号器远程引爆导火线。炸弹用硝酸铵为主原料,穿甲炸药为辅助剂。所有材料都很便宜,可以大量精制。

单从资料中的构成来推测,以爆炸中心地为圆心,半径两百米左右之内的人会因爆炸的冲击波而当场死亡。就算处于比较远的位置,也会淋到由冲击波的高温与熔解铝反应生成的大雨。

亚拉穆塔之所以选用铝粉制造炸弹,就是因为他完全以杀伤人类为目的。铝是燃烧催化剂,燃烧时放射出强烈的白光会增加爆炸火焰的威力。与此同时,还会顺着爆炸冲击波而四处飞散,化作摄氏六百度的高温飞沫,贯穿被害人的肉体,将其完全烧杀。并且他

三.

还有最后的杀手锏，铝是会与水发生反应的金属，可以产生可燃性的氢气。也就是说，"一旦浇水，就会燃烧"。因此，为了灭火而喷水会让爆炸更加猛烈，令抢救活动变得极为困难。

"如同太阳掉落一般的白光和无法扑灭的大火"——跟他说的一模一样。简直就是恶魔的炸弹。

如果在街上人口密集的地方爆炸的话，算上之后的停电及事故造成的二次灾害，死伤者有可能会达到上千人。而且放在车里运输的汽车炸弹也很容易瞒过警方的监视，潜入繁华街上。

我绝对不能让这种东西在横滨爆炸。

"亚拉穆塔现在在哪儿？"

"两天前，他甩掉了我同事的监视，然后就不知去向了。我就觉得他要惹出什么乱子。"

可恶，为了要找到炸弹，就得先找到亚拉穆塔在哪儿吗？

不过，光是弄清楚了敌人的姓名和出身，就已经迈进一大步了。这个名叫亚拉穆塔的男人，很有可能就是"苍之使徒"。

亚拉穆塔为什么要恐吓侦探社的原因现在还不明。如果他对侦探社抱有恨意，那就调查一下侦探社解决过的事件，说不定能找到线索。

"然后呢？这些情报的代价是什么，间谍先生？"太宰别有深意地笑着问道。

"没有。虽说我们国籍不同，但我也不能眼睁睁地看着几百人惨死。为了正义，我很乐意将情报提供给你们。"

"我可不信，先不说我身边的国木田君是怎么想的，像我这样性格古怪的人可不会轻易相信别人。"

太宰笑盈盈地回道。的确，美国谍报部的任务只有维护自己国家的繁荣与人民安全。

谍报员沉默了。他思考了一会儿，回答道：

"如果你们抓到了亚拉穆塔，不要把他交给公安，交给我们处理。我想让他把他的顾客一五一十都交待清楚。"

"你让我们不交给公安？"我皱起了眉，"如果他真是策划这次事件的犯人，那按道理来说，你们应该和日本的警方一起盘问他才对吧。"

"这个啊，国木田君，是这样的，他们为了得到情报，所以打算刑讯炸弹狂魔哦，而且是用那种残酷到被国际法禁止的手段。要是和别国警方合作，就不能做这么残忍的行为了。所以他们才想偷偷地抓住犯人。"

"……"

我看向眼前的谍报员，他面无表情，只字不语，看来是不打算否认了。

触犯法律、侵害道德的人不光只有犯罪者。可是，像我这样的普通公民，就算义正辞严地把国外谍报机构的组织管理教训一通，也不会让他们发生任何改变。

三.

"这次面谈是非公开的,你没有把情报泄露给任何人,因此,我们也没有必要支付任何代价。太宰,我们走。"

我叫了太宰一声,然后转身走向出口。

"下次你们在接待处报上'费尼莫尔运输'的名字,会有人联系我的。我很佩服你们的本事,仅凭那么一点儿线索就能找到这里。如果你们被侦探社解雇了就来联系我吧,我想把你们挖来当候选谍报员。"

"他这么说呢,国木田君,怎么办?"

"这种听说日本被人安置了炸弹,眉毛却都不动一下的工作。我没兴趣。再会。"

说完我就直接离开了办公室,谍报员一句话也没有说。

○　○　○

为了整理资料情报,我和太宰暂时都回到了侦探社。

现在离规定的日落时间还有大概两个小时。

我们必须在这期间抓住炸弹狂魔亚拉穆塔,让他交代出炸弹的位置。只有两个小时。

不过,我们得到了一个好消息。在联系侦探社的时候,我们获取了一个大有帮助的消息。

听到这个消息的时候,我就确信了——可以拆除炸弹。

"啊——哈哈哈，大家真没用啊！只要我不在，搜查就一点儿进展都没有！"

刚一回到侦探社的事务所，我就听到了平时的大笑声。

"乱步前辈！九州的事件呢？"

"那个啊，我看了一眼尸体就知道犯人是谁，用的是什么手法了，所以就两三下解决完直接回来了。"

对方大刺刺地喝着饮用水回答道。此人正是前辈侦探，江川户乱步。

"国木田，我听说了哦，区区一个炸弹就把你搞得手忙脚乱的，有个没用的后辈可真让人操心啊。拜你们所赐，我在九州都没来得及观光，办完事就回来了，本来还想去吃温泉蛋呢。"

"对不起。不过，我们需要乱步前辈的能力。"

"我的能力？"

"是的……原本这件事应该由我们自己来解决的……但是力有未逮，希望能得到前辈的帮助，真是非常抱歉。"

乱步前辈凝视着我，深深地吸了口气后，说道：

"真——拿你没办法啊！哎呀，别这么拘谨嘛，国木田，要怪也是怪我能力太强了！毕竟我的'超推理'可是全世界第一的异能力啊，大家都想依赖我也是很正常的！"

他一边高声笑着，一边"啪啪"地拍打我的肩膀。

三.

"您说得没错。"我用力地点了点头。

"国……国木田君,你没事吧?不是在忍耐吧?"

太宰在一旁小心翼翼地问道。

忍耐?他在说什么呢,乱步前辈说的就是很对啊。

"太宰,把资料给乱步前辈。"

"啊,好。您好,我是新人太宰。请多指教。"

"哦哦,我已经听说过你了,你要加油多发现事件哦。至于解决的事嘛,就交给我吧。"

乱步前辈接过资料,突然将视线落在了太宰身上。

"新来的,呃……叫太宰是吧?你之前是做什么工作的?"

"什么?"

乱步前辈敛起了表情,他凝视着太宰,好像在寻找什么似的。

"毕业之后基本上没做过什么,只是每天游手好闲而已。"

听到太宰的回答,乱步前辈还是一言不发地盯着他。过了几秒钟后才道:

"是吗,那就好。以后好好工作吧。"说完,他就像什么都没发生过一样,将炸弹狂魔的资料摆在了桌上。

刚才发生什么事了?

"喂,太宰,刚才是怎么回事?"

"你问我我也不知道啊。不过,那个乱步前辈,他是什么异能力者?"

这么说来，我还没向太宰介绍过呢。

"乱步前辈的异能力叫'超推理'，是一种十分惊人的能力，据说'只要看一眼，就能知道事件的真相'。"

"这世上有这种能力?!"

连太宰这样的人都露出了惊讶的神色。

"有。市警和高级官员之中也有很多前辈的追随者。只要一发生费解的事件，就会来拜托乱步前辈。他是支撑着侦探社的异能者。"

"我还是有点不敢相信，居然有这样的异能力。"太宰半信半疑地说道。

"你看了就知道了。"

"国木田！我只要用'超推理'看穿那个炸弹在哪里就行了吗？"

"是的。现在已经没有时间了，炸弹的所在地最重要。只要知道这一点，我们就可以将其拆除。"

"不用调查这个亚拉穆塔在哪里吗？"

"现在先以炸弹为最优先。"

"好！啊——哈——哈——不好意思啊，既然我出现了，那就再也没有你们显身手的机会了。太宰，把那边的眼镜给我。"

乱步前辈从太宰手中接过黑框眼镜，戴好。这个眼镜似乎是他发动异能力的信号。

乱步前辈眯起了眼睛。

三.

他的视线化作贯穿万象的光芒,思考变为神明座前的神谕。

——"**超推理**"。

"……我知道了。"

乱步前辈摘下眼镜,低声道。

"咦,真的吗?"

原本在乱步前辈身后屏气凝神的太宰,此时兴致勃勃地探出了身子。

"地图。"

乱步前辈挥了下手指。我从书架上拿出横滨附近的大地图,在桌子上摊开。

杀伤力高达上百人的恶魔兵器。制造它的是恐慌与惨叫的使徒,专业炸弹狂魔。

他究竟——会选择什么样的恶魔地点呢?

车站,大医院,学校。或者是高层大厦,市政厅,购物中心。最糟糕的可能性接二连三地在我的脑中闪过。

"炸弹的地点是——"

乱步前辈的手指落在了地图上,我不由得屏住了呼吸。

"这里,钓鱼用品店。"

· · · · · ·

……什么?

钓鱼用品店?

我不会是听错了吧?还是说,那是什么重大的秘密设施?存放危险物品的店?

"……是吗?原来如此。"

太宰沉默了片刻后,嘀咕了这样一句。

"没错,就是这样啊!乱步前辈的能力是真的!嗯,如果要设置炸弹就只有这家钓鱼用品店才行!好了,国木田,我们快走!"

"新来的,我的厉害之处让你很感动吧?"

"是的!您真了不起,绝对是前无古人后无来者的名侦探!太棒了,我真庆幸自己能进入侦探社!好了,快走吧,你在发什么呆啊国木田君,现在出发完全能在日落之前解决!"

"喂……太宰,可是……"

"我们边走我边给你解释!快点!"

"加油哦!"

太宰拽着我的袖子,我这才不情不愿地离开了侦探社。

我们坐着公司专车,一路向钓鱼用品店驶去。如果让太宰碰方向盘,车子就会变成杀人工具,所以由我来开车。

"太宰,快给我解释,到底是怎么回事?"我一边开车,一边向副驾驶座上的太宰问道。

"我当然会解释,但是你应该也不会怀疑乱步前辈的推理吧?"

三.

"嗯,乱步前辈的推理绝对不会出错。炸弹就在钓鱼用品店,但是你为什么会相信?"

乱步前辈的异能力是"看穿真相的能力",其效果没有一次不命中目标。但我很在意太宰为什么会心服口服。

"看到地图就一目了然了。"

太宰指出的这一点唤起了我脑中的记忆。钓鱼用品店周围只有道路、企业设施和小型商店等。被害程度虽然不算小,但作为一个国际炸弹狂魔的目标来说,还不够毒辣。

"别再考验我了,我还要思考很多事,直接告诉我结论。"

"我也是看过资料后才想到的,炸弹狂魔亚拉穆塔在各国都引发过大规模的爆炸事件吧,而且他从不会在同一个地方引发两次爆炸。在观光地是高级旅店,军事基地是通信站,高层大厦是支撑基础的支柱。他选择的通常是能给目标地造成最大损失的地点。那么,他这次看上的是什么地方呢?"

"少钓我胃口,快说结论!"

"亚拉穆塔的目标是——贮存石油设施啊。"

我的脑袋"嗡"地一响,像被人用铁锤狠砸了一下。

横滨的——石油联合站!

原来如此,为什么我之前都没有察觉到。

横滨是日本为数不多的港口城市,是海洋运输燃料的一大据点。海湾沿岸设置了一片片保管石油和天然气的广阔用地,由于这些燃料支持着关东一带的产业,所以时刻都有大量的燃料被运输到那里加以保管。

不仅如此,在联合站的周边还建立了一排排利用石油原料的化学、钢铁、石油精炼工厂,其产品是日本国内主要产业的一大支柱。

如果在石油联合站周边发生爆炸,使蓄油箱着火的话,产生的火焰肯定会蔓延至整个港口地区。这恐怕会成为几天都无法扑灭、国内史上最严重的工业火灾。石油化工类的大火用水是很难扑灭的,被害情况应该会持续很久。对人的伤害自不必说,更重要的是,对国内经济也会造成不可估量的损失。

"原来如此,你之所以会对乱步前辈心生佩服,就是因为他的推理是正确的啊。"

"不是的。"

什么?

"让我惊叹的既不是犯人别出心裁要以石油保管设施为目标的想法,也不是乱步前辈的异能力。"

"那是什么?"

"呵呵,最让我惊讶的呢,是乱步前辈的那个并不是异能力啊。"

——啥?

"你说什么?胡说八道,那样的推理如果没有异能力谁做得出来?"

"所以才厉害啊不是吗?其实呢,我趁乱步前辈推理的时候,在他身后偷偷抓住了他的头发。"

"什么?"

太宰的确一直都在乱步前辈身后。但是,他什么时候——

"正如你所知,我是个反异能者,可以使触碰到的人无法发动异能力。只要被我碰到身体的一部分,任凭多厉害的异能者也无法使用自己的力量哟。也就是说——"

乱步前辈的"超推理",不是异能力?

"那么——"

"那就是推理。是一个人类,在观察和推断的基础上,瞬间导出的逻辑性结论。横滨的地图,亚拉穆塔的资料,有关火灾的知识。他将手中的情报结合起来,瞬间便得出了结论。就像推理小说中的名侦探那样——不,名侦探大显身手的时候从来都是在一切事件结束之后,也就是书的最后。那么相比之下,乱步前辈既不用去现场也不用见嫌疑人,只是看了一眼资料就能看穿炸弹所在地,根本已经超出了平庸的名侦探范围,他拥有的推理力和观察力简直可怕。"

推理?

既不是异能也不是超自然现象,只是思考的产物?

"这种事真的有可能办到吗?要怎么做——"

"我就是因此才感叹的。如果是异能力者,就只是一个普通的现象,我不会佩服也不会惊讶。但是,乱步前辈的那个能力却是靠任何人都有的思考能力得出的结果。亚拉穆塔是在两天前甩掉美国谍报员的监视消失的,这样他应该来不及伪装成内部工作者,或弄到进入石油施设中枢的许可证吧。最简单的手段是,用现金租一辆车,然后把炸弹塞在里面,停放在石油设施附近的停车场里。如果炸弹的有效杀伤范围有两百米,就在这个距离之内锁定有石油保管箱的店。而在海湾沿岸一带,符合这个条件的就是——"

"那家钓鱼用品店吗?"

"对。除了刚才说的那些,还有风向、发现难度很大之类的要因。哎呀,要是只看一眼手里的资料就能连这些都看穿,那可真是了不得的推理力和观察力啊!而且他本人好像以为自己在使用异能,真是个伟大的人,我也要努力才行啊。"

我终于明白太宰为什么感叹了。的确,不管能力再怎么神,如果是异能的话,那也只不过是单纯的现象。但如果是本人的推理能力,那就不一样了。乱步前辈过去解决的事件可不是十几、二十件,而他在所有的事件中,都是只看了一眼情报就瞬间看透了真相,而且从来没有一次推理失误。用奇迹都不足以形容,简直就是令人难以置信的丰功伟绩。

超越异能者的非异能者。只能说这是在本国,不,在全世界都极为少有的出神入化的本领。

不过——

我看向副驾驶座的太宰。

"我还是第一次见你对别人的实力感到惊讶。"

"咦,是吗?我经常惊讶哦。像是我把筷子伸出去要夹一个蛤蜊吃却没想到它还活着的时候,简直大吃一惊——"

"不,我一直觉得,你可以看穿别人的一切。"

尽管太宰平时的行为举止看上去很愚蠢,却隐约流露出一种看透世事的感觉。虽然我不知道是为什么,可他的任何情绪都充满了做作的气息。这个男人在轻浮的态度背后,其实已经把什么都看穿了吧?

"关于你的事,我的确差不多都知道了,应该不会再有什么能让我惊讶的,毕竟,国木田君你比自己想的要单纯得多哦。"

"你说什么?!"

"这种反应也非常坦率。真好啊,我都能猜到你一会儿会偷偷地烦恼自己是不是真的很单纯的样子,那副模样也很好哦。"

"你这混蛋——"

我很想反驳,但总觉得不管我说什么都会得到"跟我想的一样"这句话,又觉得很讨厌。

"既然这样,我总有一天会让你大吃一惊的,我要用自己的实力颠覆你的想象。"

"这可真让人期待,如果你成功地让我惊讶了,我就请你喝一杯吧。"

"真敢说,你可别忘了哦。"

"不会忘啦,不管结果如何,对我都没有损失嘛。看,钓鱼用

三.

品店就在前面了。"

我让车速慢下来，停在能看到钓鱼用品店的岔路上。

○　○　○

我们下了车，看向钓鱼用品店。离规定的日落还有一个多小时。只要不出意外，应该不会赶不上拆除炸弹。

"知道什么样的汽车符合条件吗？"

"这个简单。体积比较大的面包车，为了不让别人看到内部，车窗用的是遮光玻璃，只要找这样的车就行了。"

我们把公司的车停在稍远的位置，戒备地向前走去。为了保护炸弹，对方说不定派了武装人员在那里等着我们，不能忽视这个可能性。

今天似乎是钓鱼用品店的歇业日，能容纳十几辆车子的停车场上只有零星的几辆车。停车场里空无一人。因为地处西边斜坡之下，所以整个停车场都很昏暗。

我环视四周，只见我们背后就屹立着许多石油保管箱，一直堆放到海湾沿岸。最近的油箱离我们只有一百来米。如果炸弹在停车场爆炸，地狱之焰会轻易地蔓延到那边。

"国木田君，你快看那辆车。"

我向太宰所指的方向看去，那里停着一辆白色的小型面包车。

车牌号以"WA"开始,是租赁公司的车。(**注:日本车牌号由地名、分类号码、假名文字及车辆号码组成。租车公司车辆的假名文字只能是"RE"或者"WA"。**)就算离得很远,也能看到车窗用的是遮光玻璃。并且,车里明明没有人,可橡胶轮胎的着地部分却比其他车陷得深,这证明里面装载了几百公斤的货物。

我在手册上写下"无线电干扰器",接着扯下那页纸注入念力。纸张瞬间变成可携式信号干扰器。

"太宰,你把这个放在车子附近,小心诡雷。我去调查一下周围。"

信号干扰器的形状本身非常接近手机。但是这个装置能干扰无线频率范围,屏蔽附近的无线电机器信号。有效范围大概为半径五米。只要把它放在炸弹旁边,就能阻止犯人远程引爆炸弹。

我握着手枪,在停车场附近侦察是否有敌人。

虽然我们一直在提防敌人的妨碍,但附近并没有埋伏和狙击的迹象。相反,我倒是在草丛里找到了被人安装的摄像机。一台是与废弃医院发现的那台型号相同,一台是更小一点的无线型。看来炸弹的设置地点真是这里了。

这时,突然传出的声音让我抬起了头。

——那是什么?

在道路的另一侧,有一小群人。看上去好像有十来个,正远远围观中心的什么东西。从他们脸上那不安的表情来看,我有一种不

三.

祥的预感。

我把手枪藏起来，向人群走去。出声让大家让出一条路之后，我看到了他们聚集起来的原因。

我的呼吸停顿了。

这里有一个不应该在这里的东西。

亚拉穆塔的尸体。
＊＊＊＊＊＊＊＊

"国木田君，我把信号干扰器放好了哦。接下要来做什——"

走过来对我说话的太宰在我身后也看到了这一幕，话说到一半就停了下来。

为什么？

为什么他会死在这里？

我走近观察尸体的情况。没有尸斑，下巴也没有出现死后僵直。腋下的体温还与活人一样。明显是刚刚才被杀的，就在我们到达之前。

除此之外，尸体没有外伤，从表面看不出任何致死的异状。倒是在好几处皮肤上，有些黑色的文字像斑点一样浮现出来。

数字"00"。他的身体上刻着无数这样的数字。这到底是什么？刺青吗？还是——

"国木田君，军警的特殊炸弹处理小组马上就会过来了，这里就交给专家,我们先离开吧。"太宰把手搭在了我的肩上。

"……我知道了。"

我把亚拉穆塔的随身物品找了一遍,全是零钱和假执照,没有任何有帮助的东西。

我和太宰把这个谜团留在现场,从越来越多的围观群众中挤出来,离开了那里。

○ ○ ○

我一边开着公司的车,一边思考起来。

亚拉穆塔为什么必须被人杀掉?并且是被谁杀的?

"国木田君,想案子虽然很重要,但开车的时候也不能大意啊。"副驾驶座上的太宰说道。

"我知道。"我握着方向盘回答。

我来整理一下情况。

从表面上来看,事件有两起。一是横滨旅行者绑架事件,一是炸弹事件。执行的犯人分别是司机和亚拉穆塔。这些是已知的。

但是这两起事件都有背后的目的——对侦探社进行丑闻攻击,将侦探社任务失败从而导致灾害发生的那一瞬间拍下来,并散布到社会上。这个目的与司机无关,恐怕连亚拉穆塔都没有参与,是操纵他们的幕后黑手想出来的计策。

三.

　　幕后黑手名为"苍之使徒"。

　　"苍之使徒"操纵司机及亚拉穆塔,让他们成为犯罪实施者,并且使他们各自看上去都像是自发性犯案一样,从而自己什么都不用做,就能达到攻击侦探社的目的。

　　要想攻击这个幕后黑手是非常难的。因为对方几乎没有向实施者们做出什么指示,只是任凭他们主动犯罪。司机也好炸弹狂魔也好,他们在实施犯罪的时候都是在自己的地盘、用自己的做法来做的。说不定他们连自己做了别人的棋子都不知道。

　　只要不摧毁幕后黑手,早晚会发生第三起攻击。到那时侦探社没准就真的被毁掉了。然而,我们现在的线索实在太少,能找到"苍之使徒"吗?

　　除此之外,我还担心一件事。

　　"苍之使徒"会被问以什么罪名呢?

　　幕后黑手"苍之使徒"所犯的罪只有盗摄和恐吓,既没有杀人也没有引发爆炸。由于事件本身是实施者们自发的行动,所以想以杀人、绑架的教唆犯来立案也十分困难。要把期待放在其不小心留下指示犯罪的证据上吗?可是——

　　这时,我的手机响了,是社长打来的。我将车停在路边,按下通话键。

　　"国木田吗?军警的合作方发来了联络。司机他——死了。"

　　什么?!

"但是，他不是搭乘军警的空运机，飞在天上吗？"

"没错。他在空运机上接受盘问的时候，突然十分痛苦，没一会儿就断气了。死因不明，但据说他身体的很多地方都浮现出了写有黑色'00'的印迹。——你们先回公司一趟，我们探讨一下目前的情况。"

我把电话挂断，脑袋里充斥着无数的问号。

这下子，通往"苍之使徒"的道路完全堵死了。把器官买卖的手法教给司机的人是唯一一条连接着幕后黑手的线索，可这条线也因司机的死亡而变成不可能了。

敌人简直就像对我方动向了如指掌。总是比我们的搜查快了半步。

在我们抵达现场前不久，亚拉穆塔被杀了，现在身为最后线索的司机也被抹消了。

敌人是何方神圣？一个洞悉侦探社的搜查，能一一得知我们动向的人。

一个总是干涉现场，能暗中操纵事态的人。

"国木田君，你表情好吓人，没事吧？"

虽然听到了身边太宰的声音，但我现在没有工夫理他。

敌人是怎么得到内部情报的？是怎么走在侦探社前面的？

再次响起的手机打断了我的思考，是六藏少年打来的。

"嗨，戴眼镜的。你现在方便吗？"

三.

"什么事？"

"那个……你委托我追踪邮件发信人的那件事，我已经做完了哦。"

"什么?！"

还有这一手。恐吓信的发信人自己以"苍之使徒"的名号，指示我们搜查绑架事件和炸弹事件。如果能找到发信源——

"我直接说结论了，那两封信都是通过同一台电脑发出来的。虽说对方的保护措施做得很到位，但我还是想方设法突破了。然后呢——"

"国木田君，谁打的电话？"

听到副驾驶座上的太宰这样问，我抬起手制止了他。

"你继续说。"

"然后呢，你给我的委托只是追踪而已，可没叫我说明结果哦。所以你问我结果我也很难办呀。我希望你听我说的时候能清楚地认识到这一点——"

"别装腔作势的，快说。"

"我知道了，我可说了哦。就是——"

"邮件的发信源是，侦探社。从那个叫太宰的新人的电脑里发出来的。"

147

——他说什么?

我的大脑冻结了,一片空白。

不可能,这是陷阱,太宰从头到尾都和我一起行动的,从头到尾都和我一起搜查。

——一个洞悉侦探社的搜查,能一一得知我们动向的人。

——一个总是干涉现场,能暗中操纵事态的人。

"我回头再跟你联系。"

我挂断电话。

"谁的电话?听你的语气,是六藏少年吗?"

"你安静一会儿。"

我的思考发生了不规则反射。

太宰。太宰治。突然出现的,侦探社新人。

自从太宰出现之后,就立即发生了这一连串的事件。

——我拜托了军警谍报部的老朋友调查,却什么都没有调查出来,实在太不正常了。

——简直就像是有人为了慎重起见,将他的过去全部抹消了一般。

在废弃医院援救绑架被害人的时候,是太宰触碰了机关导致毒气发生。

可是,被公开的监视影像里,却完全没有拍到他。

——那家伙是怎么躲过偷拍的？

狡猾又谨慎的"苍之使徒"，是坚决不会弄脏自己双手的幕后操纵者。

聪明的思考，骗过大使馆工作人员的演技，私卖器官的知识。

我再次启动了刚才停下来的车子。

"太宰。"

"怎么了？"

"我要——顺便去个地方。"

◇　　◇　　◇

我操纵方向盘，驶进了山路。

这是一条没有人靠近的萧索道路。

我继续往前开，一直到山间的某个废弃仓库。

"这里是哪儿？"太宰看着仓库问道。

"以前工作时使用过的仓库，过去是用来保管工业器材的，因为使用者迁移到了国外，就被扔这里了。现在没有人会到这里来，很适合聊一些秘密话题。"

"哦？那可真让人高兴。"太宰漫不经心地回道。

我把车停在了仓库里。

这个仓库前后左右都被墙壁包围起来，不用担心会被人从周围监视，如果有援军过来，必定会通过声音知道。

"下来吧。"

太宰一言不发地从车里走了下来。我在停车之前，已经打开自动手枪的弹仓查看过子弹。

我打开手册，写入文字，下车。

"真是个安静的地方啊，真的很适合聊一些秘密话题。然后呢？你在这里想说——"

我用枪对准了太宰。

"……这枪是什么意思？"

"你猜？"

"等一下啊，国木田君，我原以为你不喜欢开这种类型的玩笑。"

"嗯，我不喜欢。前提是，这是玩笑。"

"……刚才那通电话里，有人对你说了什么吗？不管他说了什么，你肯定都误会了。只要你肯告诉我内容，我一定会解释清楚，让你明白这是误会。"

"但愿如此。"我把手指按在扳机上，问道，"一开始在废弃医院里，被害人被毒气所杀的时候……你巧妙地躲过了监视器，让它没有拍到你的脸，这是为什么？"

"就这种事？"太宰露出了苦恼的表情，"因为我走进那个房间的时候，刚好看到了监视器的位置啊。因为我们立即发现了被绑架的被害人，我觉得不是说这个的时候，才没有及时告诉你们。关于

三.

这一点我觉得很抱——"

"是吗？难道不是因为，你从一开始就知道监视器的位置，并且知道它放在那里的目的吗？"

我继续问道：

"第二个问题，为了找出炸弹犯，提议去大使馆的人，是你吧？为什么你一下子就想到了这个方法？难道不是因为你事先就知道亚拉穆塔吗？"

"真讨厌，你是认真的吗？这件事只能当作表扬我智慧过人的例子，不能成为我被怀疑的理由吧。你就因为这个怀疑我吗？"

"你从哪里获得的私卖器官团伙的知识？"

"这个……都说了，是在酒馆……"

"拜托你撒谎撒得认真一点。你与异能特备科的种田老师相遇，是偶然吗？"

"等……等一下啊！你要不要把枪放下？你放下我就说。"

"为什么'苍之使徒'的电子邮件是从你的电脑里发送的！回答我！"我打开手枪的击锤吼道。

听到我的吼声，太宰脸上的表情顿时消失了。

"原来如此。六藏少年的电话说的就是这个吧？他年纪不大，本事倒是不小……将来一定会成为一名优秀侦探的。"

太宰的声音十分平静，没有丝毫感情。什么都没有。

现在想想，太宰身上有深不可测的地方。虽然他是个让人印象深刻且极为古怪的人,另一方面,也是掌握着人心的智慧与计策的化身。

正如他在大使馆扮演的公安刑警,演技是那么精湛,可谁又能说,现在站在我面前的这个人,不是在用那精湛的演技扮演一个名为太宰的角色呢?

"现在立即做出能让我接受的解释,否则我就开枪。"

"你是不会开枪的。"太宰摇了摇头,"你是个性格一丝不苟的理想主义者。解开所有的谜团,让犯人招认之后再将其逮捕,使之得到司法的制裁,这才是你的理想。你不可能在真相还没有大白的时候,在这种地方枪毙嫌疑人。"

"对'苍之使徒'来说,司法是无能为力的。"对于一个既没有绑架又没有杀人,甚至连教唆都没有做过的犯人,可想而知检察官会处以什么样的处刑。"我会开枪的,如果必须这么做。"

——如果发觉他的心里有邪恶、奸凶的征兆,你就杀了他。

社长的话。

被托付在掌中的,沉重手枪。

——"做自己该做的事。"

"国木田君,假设我就是'苍之使徒',并且你的理想就是将'苍之使徒'及时杀掉——就算是这样,你也无法对我开枪。"

太宰的眼瞳中闪着冷酷的光辉。

仿佛看透了一切似的,洞若观火的机智怪人。

三.

"你好好想想，被杀的亚拉穆塔身上只有零钱和假执照，那么，引爆开关在哪里？"

用无线电控制的引爆炸弹装置——

如果没有那个东西，炸弹威胁就不成立。

"在——暗中操纵亚拉穆塔的人身上。"

"没错。如果那个幕后黑手知道侦探社动向会怎样？并且还知道侦探社已经查明炸弹所在地又会怎样？你不觉得，对方会把炸弹移动到别的地方，或者启用其他的备用品吗？"

不知何时，太宰的右手伸进了外套口袋里。

就算他在口袋里握住了什么，我在这里也没办法确认。

他是想说还有其他炸弹吗？

而且，他现在就可以按下引爆开关。

所以我才不能开枪。

——太天真了。

"这个想法我已经猜到了，你看这是什么。"

我从胸前的口袋中取出那个东西，扔在了地上。

"是在刚才炸弹现场中也用过的无线干扰器。以我为中心的周围五米以内，所有无线通信机器都会受到它的干扰，远程引爆开关也不例外。"

"什么——"

太宰露出了惊讶的表情。

我还是用枪口对着太宰,然后将手探进他的手所在的那个口袋,感觉摸到了什么东西。我把它们掏了出来。

是钢笔和一块蓝布。

"真可惜,没能骗到你。那只是一支普通的钢笔啦。"太宰笑嘻嘻地说道。

这的确是他在大使馆拿出来的那支,据说是跟了他很久的钢笔。

"一般人听你那么说就会相信了,但要想骗过熟知你手法的搭档,还差些火候。"

我把钢笔盖拧开,拆下前端的笔尖之后,出现在眼前的并不是该有的墨水芯,而是细长回路裸露在外的电子装置。

小型无线器。

"这就是引爆开关吗?"

"……真不愧是国木田君,没想到你连这个也看穿了,真出色。"

太宰露出了冷淡的笑容。

"果然,有你当搭档真是太好了。"

听到太宰的话,我的情绪一下子激动起来。

"闭嘴!"

我移开枪口,射出一发子弹。

三.

子弹击在了太宰的脚边,但他的脸色纹丝未变。

"你有什么目的?!为什么要设计那样的事件,威胁侦探社?!为什么要杀害失踪者,放置炸弹?!你……你……"

明明那么优秀。

作为我的搭档,甚至无可挑剔。

"我最后警告你一次,把一切都说清楚,否则我就开枪。"
太宰是什么人?
"苍之使徒"是什么人?
自己什么都不做,让犯罪者去犯罪,然后杀掉他们,牵连那么多被害人。

杀掉犯罪者——
——那就祈求一个理想的世界吧。
——这个世界不是由神创造,而是由不健全的我们,一双双染血之手开辟出来的。

莫非……
我看向手里的蓝布——从太宰口袋里抢过来的那块。
我最近是不是见过跟这一样的东西?
——我听说"苍王"的遗骸消失得无影无踪。

——会不会是他假装自己死了,其实逃到哪里躲起来了呢?

"苍王"的真实身份已经确定,他以前是一名菁英官员。

但是,如果拜托那种方面的专家,想改变容貌和经历并非不可能。

瞒过军警的现场分析组耳目,假装自己已死的方法也不是不可能……又或者是……

——我找事务员调查过太宰的过去,却是一片空白,什么也没有查到。

以太宰的能力,或者……

"你——你就是,那个'苍王'吗?为了向我和侦探社复仇,才制定了这么远大的计划?"

"开枪吧。"

太宰的脸上绽放出一朵超然的笑容,笑容中透露着平静。

"你赢了,国木田君。开枪吧,你应该接受过这种命令。这样做是正确的哦,而且你有这个资格。"

"什么叫有资格?!"

"如果是死在你手里,我很乐意。"

不是的,我想做的不是这种事。我必须,必须从太宰那里问出真相。

——如果发觉他的心里有邪恶、奸凶的征兆。

不是的,快看清真相。

三.

——你就杀了他。

你说,你很乐意死在我手里?

是吗?
原来是这样啊。
······

"我知道了。"
我举起枪,对准太宰的两眉之间。
绷紧腋下,闭上单眼,锁定目标。从这个距离不会射偏。
"我要开枪了,太宰。我真的会开枪,都到最后了,稍微露出点惊慌的样子给我看看。"
即使听到我的话,太宰还是带着平静的笑容,毫不动摇。
"开枪吧。"
太宰这么说。

已经没什么好犹豫的了。
我弯下了扣住扳机的食指。
子弹从枪口喷射而出。

子弹破风直行。

正中眉间。

太宰的头部弹向后方。

在这股冲击之下,太宰的身体也向后仰去。

被弹开的身体飞在半空中,接着——

倒下。

我放下枪,枪口微微冒出几缕白色的硝烟。

"……"

子弹没有打偏,正中太宰的额头中心。

这种距离之下不可能打偏。

我重新上好手枪的保险,确认不会走火之后,把它放回怀中。

我用蛮力将从太宰那里抢过来的钢笔型引爆开关捏断。机器在我手中扭曲变形,丧失了功能。

接下来的行动必须好好想想,于是我走回停放车子的地方。

刚走了没几步,手里的手机就响了。估计是因为我把无线干扰器扔在了地上,现在已经离开了它的有效范围,所以通讯功能也复活了吧。

我面无表情地查看手机屏幕,是侦探社打来的。

"喂?"

电话的另一边是与谢野医生。

"国木田吗?出大事了!从那个叫'苍之使徒'的蠢货那里,

又发来了恐吓信!我转发给你,你马上采取行动吧!"

"可是现在……"

电话切换到接收文件功能,通话中断了。

我操作手机,打开收到的文件。屏幕上显示出这样的文字。

谨启

现在向贵社发起第三次的委托。

敝人已事先向本日此时航行在空中的客机JA815S发送了足以停止发动机及操纵杆功能的干扰信号。

请在此客机内除去装置,确保旅客安全。

敬请谅解。

此致
敬礼

苍之使徒

"飞机?"

在这种时候发来第三次恐吓。

比起绑架和炸弹,想阻止针对飞机的攻击行为是极为困难的。没人能闯入在空中以超高速飞行的客机进而除去机关。如果要这么做，需要出动军队的战斗机。不，就算是军队，在客机被入侵的情况下也束手无策了。

停止发动机及操纵杆的功能，这意味着什么？

航行中的客机就算动力停止，也可以在升力的作用下暂时保持航行。可是就算是这样，一旦无法操纵，那就会无可避免地降低高度，早晚会坠落。如果不能掌舵，也很难在比较安全的海上降落。并且，如果坠落在地上，除非发生开天辟地的奇迹，否则旅客应该就会全部丧命。

绝对无法逃避的，第三次威胁。

逃避的方法只有一个。

我看向太宰。

太宰仰面倒在地上，闭着眼睛。

我向仰面倒在地上的太宰走去。

◎　◎　◎

"你还想装死装到什么时候？白痴，快起来工作！"

我朝太宰的身体踹了一脚。

"咦？人家还想再睡一会儿呢。"

太宰噘起了嘴。

◯　◯　◯

"下一轮危机吗？"

"嗯。真凶发来了会让飞机坠落的恐吓。如果你不是恐吓的幕后黑手，就帮我一把。"

"我就知道你一定会用那个开枪的。"太宰躺在地上微笑道。

"你还是老样子。出谋划策虽然很好，但不要把我扯进没有意义的小剧场里。"

我把刚才开过枪的手枪冲太宰扔了过去。

太宰抓住手枪。

手枪在太宰的手里恢复成手册的纸张。

"但你是怎么知道的？我从社长那里得到了型号完全相同的手枪，你就不觉得我会用那个开枪吗？"

"这当然是因为信赖啊。谨慎的国木田君不可能一下子就用真枪威胁我嘛。"

"被你一说，感觉信赖这个词都被玷污了。"

我对着太宰扣动的手枪，其实是用异能"独步吟客"变化手册纸页而来的。

因为子弹也是同样由异能形成的，所以在击中太宰身体的瞬间，太宰的异能无效化能力就发动了，从而将子弹变为无效。

三．

"你最先发现不对劲的是？"

"你说的话。"

太宰不可能认真地说出"如果是死在你手里，我很乐意"这种话。在和太宰共事的过程中，我学到了一点——当他说出这种可疑的台词时，十有八九都是他在耍人。从这次的情况来看，太宰正确的反应应该是兴奋地说"这下我终于能死了"。因为他是个以异常为正常，正常反倒异常的男人。

"另外还有一个，就是这支钢笔。这不是引爆开关，是窃听器吧？"

"聪明。"太宰微笑地指着我。

我做侦探这行可不是白做的。是不是引爆开关这种小问题，只要近距离看一眼就知道了。

太宰为了使这个窃听器失效，才设计了这么一出小剧场。

他已经猜到我会准备无线干扰器，让窃听器变为无效了。

"什么时候被调包的？"

"在钓鱼用品店那里，我们不是从看热闹的人群里挤出来的吗？当时有一个人这么做了。可恶，那真的是跟了我很多年的钢笔啊，我一定要让他赔我。虽说真的很不好写。"

"苍旗也是在被换成窃听器的时候一起装进来的吗？"

敌人想利用这些东西将太宰陷害成真凶。

然而，他选错对象了。

"我清楚你的为人,你明知道敌人与你发生了接触,不可能只跟他擦肩而过吧?"

"当然了,不如说我一直扮演幕后黑手的角色就是为了这一刻哦。我看准他与我接触想要把窃听器安在我身上的那一瞬,反过来在他身上装了个定位发信器。想抢在我前面,他还早了两千年呢。"

太宰看穿了对方的全部阴谋,故意将计就计。

"苍之使徒"是那种不会弄脏自己的手,一定要找个直接实施者类型的犯罪者。绑架也好,炸弹也好,他全权委托给实施者去办,并且周密地设定了各种状况,以免自己也沾上嫌疑。

那么,他会不会也把"苍之使徒"的这个角色,交给其他人去做呢?

太宰是这样考虑的。

"我最开始注意到的,是在废弃医院的监狱发生毒气的时候。那时,我都还没有碰到电子终端呢,毒气却出现了。这也就是说,犯人一直监视着我们的情况,然后远程操作了机关,故意设计成好像是因为我的举动才使毒气散发出来一样。敌人为什么要这样做?我的疑问是从那里开始的。没用多长时间,我就明白了。"

敌人的目的是捏造出一个真凶。

经历不详的新人,是作为真凶的最佳人选。

然而太宰并没有采取任何阻止对方计划的措施。

"这个敌人从来没有在台面上出现过,他彻底摧毁了我们锁定

三.

他的证据及追踪他的良机。但是，就算是这样的敌人，也有那么一个瞬间是必须接触外部的——就是在他制造傀儡的时候。也就是说，只有司机、炸弹狂魔这些实施犯罪的人才有那么一瞬间能够得到与真凶接触的好机会。那么，为了揪住敌人的尾巴，就必须自己变成犯罪实施者。要不是国木田君你察觉到了真相，我就会被当作凶手扔进监狱里了。"

于是太宰就一直扮演被敌人陷害成功的样子，极为自然地弄坏了窃听器。而对于一直在偷听的幕后黑手而言，现在这个瞬间窃听器丧失了功能，也是正常计划导致的结果，所以他肯定不会产生任何怀疑。

只有这么一小段脱离监视的时间。

就为了争取敌人这么一瞬的松懈，他才没有对我说出真相，一直让我怀疑着他。

我再次对他萌生了赞叹的感慨。

真是个可怕的男人。

敌人是连身经百战的炸弹狂魔都能操纵的智谋化身。光是想从这种敌人身上看出他企图诬陷自己的意图，就需要相当敏锐的观察力。

但太宰将计就计，把这个意图变成了能够将敌人搜出来的鱼叉，并反手刺进了敌人的身体。

"接下来，安装了窃听器的敌人现在应该笑得合不拢嘴了吧。

按照他的计划，我被怀疑了，并且已经被自己人执行了死刑。于是，这一刻就是敌人采取下个措施的大好时机。"

我点点头。对方选择在这个时候利用飞机来威胁我们，很可能并不是偶然。

从通过窃听器听到我怀疑太宰的那些对话起，他就应该确信了，太宰会被处刑。而他的确信也几乎是正确的。

然后，他看准了太宰倒下的时机，发出了第三封恐吓。

"对侦探社而言这是再糟糕不过的时间点了，我们根本不可能飞到正在空中飞行的飞机上去拆除信号。而发出这封恐吓信的我，却在刚刚被你击杀了。走投无路，只能认输。侦探社完了。"

没错，按照敌人原本的计划，最终就应该变成这样。

要不是对手偏偏是太宰——

"方法只有一个……我们追着你安置的定位发信器，直接攻打敌人的大本营！"

"就打他们一个措手不及吧。"太宰站了起来。

◉　◉　◉

我们把窃听器和无线干扰器都扔在了废弃仓库，坐上车子开始移动。

太宰启动了可携式的发信器追踪终端机，发信器停在离我们非

三.

常近的山里。我拜托侦探社收集那个地方的情报,如果那里就是敌人的大本营,很有可能设置了某些防卫设施。

然而侦探社先发来的消息却是"我们和飞机里取得了联络"。

他们在查看旅客行李的时候,碰巧发现了一个可以通话的视频通信终端。

他们向终端发送了视频,视频映出机内的客席。

"我……我是,飞机上的,人。这是我妈妈带的东西,但她现在不舒服……所以由我,代替她,跟你们讲话。飞机飞得,越来越,低了,许多人,都又哭,又叫……"

"该死!"

在视频对面讲话的,是一个年纪不大的小女孩,看上去也就十岁左右。

她在摇晃的飞机里对着视频装置讲话,脸上早就哭花了。

"机长先生,在广播里,让大家坐好……可是没有一个人听,还有人在机内大闹……"

"这里是地面,能听到吗?我知道你很痛苦,但是请告诉我飞机的情况。"

"飞机,在渐渐下降。听说,发动机不能动,也没办法,操纵。"

女孩吓得快要崩溃了,可是她应该很清楚自己所处的状况以及自己应该做的事,所以非常拼命地转达机内的情况。

"你们能听到吗？大家，都在说，我们是不是，要死了……我好害怕，妈妈，一动不动，也不回答我，求你们了，请，救救我们……"

"小姑娘，能听到我说话吗？"太宰接过了通信设置，"我们是飞机的专家，既然我们已经知道情况了，那你们就一定会没事，我们会把飞机修好的。小姑娘，你叫什么名字？"

"千……千世。"

"千世小妹妹，不用担心哦，你身上有什么零食吗？"

"有妈妈给的……糖果。"

"糖果呀，大哥哥也最喜欢吃糖了。一吃到甜甜的糖，整个人就会很安心呢。"

"喂，太宰。"

"别打岔。……千世小妹妹，你把糖含在嘴里，慢慢地尝尝味道。然后，拿着你现在正在讲话的这个机器，去机长先生的房间。你知道机长先生的房间在哪儿吗？"

女孩应了一声"嗯"。

"你只要去那里，就没有大喊大叫的人了哦。所以不要怕，妈妈也一定会好起来的。"

"我不能……自己去。妈妈，还在这里。"

"妈妈不会有事的，机长先生会想办法。你去找机长先生，把这个机器给他，好吗？"

女孩低下头颤抖了片刻，最终拿着糖果站了起来，向机长室走

三.

去。

我用力握住方向盘。

"我是客机815S的机长,现在无法与管制通话,发动机功能停止,正处于惯性航行。你们是谁?"

机长出现在视频上。那是一个四十多岁的飞行员,看上去业务水平很熟练。

"我们是武装侦探社。由于军警的处理部队来不及,所以由清楚情况的我们负责。飞机的情况如何?"

"武装侦探社?——让毒气害死那些失踪者的侦探吗?你们没问题吗?万一……"

"不好意思,知道事件全部经过的只有我们。如果让军警来,光是掌握情报和组成指挥系统就要好几个小时。"

"谁等得起几个小时啊!本机所有的电子机器差不多都停止工作了,别说加减速,连左转右转都不行。据我估计,再过一个小时左右就会撞到陆地上!"

"听我说,这是人为性的破坏工作。机内有没有可疑机器,或者是损坏痕迹?"

"……副机长在货物室发现了一个巨大的铁箱。虽然我们知道它与机内的布线是连在一起的,但是那个铁箱本身就焊接在客机上。用手头的工具既不能破坏也不能拆掉。"

原来如此,恐怕就是那个装置在干扰飞机系统吧。

犯人侵入机场内的一架飞机里，焊接了能够暂时麻痹客机操作系统的装置。在起飞之后远程启动这个装置，夺取了飞机的航空能力。

我记得在工作资料上曾经看过：旧国防军之前正在开发能够夺取敌人飞机能力的设备——但最后，因为需要事先将装置安放在机内，就放弃了使用。然而这次情况与那个非常相像。

如果这架客机被设置了同种型号的设备，那应该就可以通过地面信号控制干扰。也就是说，只要切断地面的控制装置，就有很大可能恢复飞机的操作。

"机长，我们现在就去解决令客机失去操作能力的原因。你先做好准备，一旦收到我们的信号就马上恢复高度。"

"明白了。可是，如果离地表太近的话会来不及恢复高度，你们要快一点。这里共搭载了四百一十名乘客。另外据估算，再过一个小时就会坠落到横滨的避税港附近了。"

还有一个小时。

不管以什么样的形式坠落，四百多名搭乘人员都很难避免几乎全部死亡的命运。而且，一旦猛烈撞击到避税港的商业密集地，会给陆地上带来更大的损伤。被害程度不是亚拉穆塔的炸弹可以比拟的。

没有时间了。

我一脚踩下油门。

三.

我们追着发信器,在横滨的山里飞奔。

周围没有民家,杂乱的灌木丛在车子上投下阴影。

"这里吗?"

我停下车。在我们的视线前方,有一扇设置在裸露山地上的黑色铁门。

是过去那场大战中建设的旧国防军军事施设旧址,那是个防空洞的入口。

这块军事基地无人使用,多年以来就扔在这里,等待岁月的腐蚀。原来如此,如果是在这里,就算往其中运输机器,或者是在里面放置一枚大炮,都不会有人留意。

突然,两侧的斜坡上传来了枪声。公司的车置身在弹雨之下,发出了凄厉的哀鸣。

"敌袭!快下车!"

我踩下油门,让车子突然加速,与此同时从车里跳出来,逃进丛林之中。

"看来就是这里了……"

斜坡的岩石背后,敌人正举着来复枪向我们发动射击,有三……不,四名。

"怎么办,国木田君?!"太宰藏在斜坡后面叫道。

"他们的目的是拖延时间!你冲到设施里去,我掩护你!"

子弹从我的头上飞了过去。

我观察了一下敌人的情况,他们只是藏在掩蔽物后面用来复枪扫射而已。枪虽是上等货,但人的枪法与港口黑手党相比并没有非常精准。

"'独步吟客'——闪光弹!"

这次手册用得太多了!

我把闪光弹扔了出去。在敌人头顶炸开的闪光和爆炸声麻痹了他们。

"趁现在!快走!"

我一边开枪,一边催促太宰。太宰脚下生风地跑了出去。

太宰和国木田分开之后,跑向了腐朽的防空洞。

发信器的信号是从穿过防空洞的修理场传来的。他爬上竖坑,穿过调车站。跑向外壁由白铁皮制成的两层楼的修理场。

被弃置不用的修理场由一楼收纳车辆、飞机的储存库与二楼俯视储存库的通讯室构成。太宰跑上台阶,进入二楼的通讯室。

"是这里吗?"

通讯室的地板材质已经剥落了,很多地方都浮现出了锈迹,彰

三.

显着这里的古老陈旧，但门上的合叶却是新制的，仿佛在说明有谁频繁地进出这里。桌子上摆放着里面留有一些残酒的酒瓶，以及还在冒烟的烟叶。

墙上安装的大型通信机闪着电光，表示它仍在工作。

太宰走近通信机。

就在那一刻，他的身后投下了一道影子。

不知何时，一名异国模样的高大男子站在了他的身后。

褐色的肌肤与隆起的肌肉，手臂上刺着山茶文身。眼睛是暗绿色的，光头上还爬着几道旧伤。

高大的男子沉默地俯视太宰。

"你在做什么？"男人大吼一声。

"这不是明知故问吗！我在警告你们！"太宰刚一回过头就喊道，"侦探社已经查到了这里！你们要是不快点逃的话，所有人都会被杀死的！首领在哪里？入口也很快就会被突破的，没有时间了！"

太宰火急火燎地说了一大堆。

"我不认识你。"

"当然了，我是间谍，只有首领才认识我。首领是个保密主义者，没错吧？别说废话了，快把首领叫过来！"

高大男子的脸上露出了为难的神情。

"我知道了。"

一阵破碎声响起。

大个子以慢动作倒在了地板上，头上顶着一块被击打出来的巨大伤口。

太宰笑容满面地站在男人身后，手里还握着碎了一半的酒瓶。

"首领是保密主义者，我没见过他，所以靠直觉猜的。"

太宰用计骗得男人大意之后再从后面用酒瓶将其打倒，然后丢掉瓶子重新面向通信机。

"剩下的只要用通信机发送停止信号就行了。"

◎　◎　◎

我压制住了对面的来复枪部队，然后向太宰追去。

军事用地内与入口的迎击氛围截然相反，笼罩着死一般的寂静。从各个地方都留着崭新的脚印和轮胎印的迹象来看，这里应该就是他们的基地。可是这样一来我就没法追上太宰了，发信器的追踪装置在他那里。

就在我要穿过白铁皮外壁的修理场前面时，内部传来了类似玻璃破碎的打击声。

——太宰在与敌人战斗吗？

我背抵修理场的墙壁，举起手枪。从入口处跳进去，枪口对着室内寻找敌人。

这座建筑物的一楼似乎曾经是装甲车和航空艇的储存库，但现

三.

在已经拆除了，变成了地表裸露在外的空地。二楼是通讯室和办公室吗？如果有我们要找的通信机，那就应该在二楼——

这时，我的身体突然感到强烈的异样感，并升起了一股恶寒。

那种不舒服的感觉就像皮肤下面有无数看不见的虫子在爬来爬去似的，让我忍受不住地跪了下来。

这一跪，让我发现脚下的地面画着某种图案。是圆、直线，以及各种各样的图形和文字。文字看上去像是无法解读的古代记号，也很像召唤术之类的仪式中使用的魔法阵——我就是踩在这上面后才产生那种恶寒的。也就是说——

直观地感受到自己身体上冒出了那种不舒服的痛痒感，我卷起了袖子。

只见皮肤上浮现出"39"的文字。

我查看了一下身体。手臂，胸口，脚腕。光是能查看到的地方就有九处形成了那种文身般的印迹。几秒钟之前绝对没有。

"把你的……你的数字……给我吧……"

我反射性地将枪口指向微弱声音传来的方向。

声音的来源是一个矮个子的少年——不，青年。他踩着摇摇晃晃的步伐，向我走来。我用枪对准了他。

"别过来！我们是武装侦……"

我没能说完。

因为旁边吹来一道看不见的冲击波,将我轰飞了出去。

我的身体水平飞起,砸在地上又弹了起来,最后撞在墙壁上。白铁皮的外壁被我撞得变了形。

我的大脑在旋转,整个世界都在舞动。由于是旋转着被击倒的,所以很难找回平衡感。

要反击——

我费力地抓起掉在旁边的手枪。

透明的冲击波再次向我袭来,将我的胳膊向上顶起,让我整个人都往后仰了过去。我的骨头仿佛被碾压了一般。手枪也飞到了空中。

"真有活力,有活力是件很棒的事哦。你肯定有一个非常美妙的数字吧。"

细瘦的青年捡起手枪,仿佛看到什么稀罕物品一样探头观察枪口。

明显是——异能者。而且还是战斗型,远程攻击系的异能。

我看向自己皮肤上形成的数字。

那个数字是,"32"。

莫非——

"居然能闻到这个地方来,真不愧是武装侦探社啊。真不愧是武装侦探社啊。"

矮个子青年将捡起的手枪对着我,把子弹全射了出去。弹匣中

三.

的子弹被射光之后，击锤传来了击空的声音。

子弹全部射在了我前方的地上。

"真讨厌啊，明明是这么宝贵的数字，根本不应该用什么枪嘛。真讨厌啊。"

细瘦的青年带着病态的微笑向我走来。

"每受到一次伤害，这个数字就会减少哦。随着时间流逝也会减少哦。而当它变成零的时候——"

"你就是……杀了司机和亚拉穆塔的异能者吗？"

"嘻嘻嘻，嘻嘻，啊哈哈哈！这个我知道，是侦探，是叫侦探的玩意儿对吧，哈哈哈哈……"

我看着青年。他有一头金发，身体很瘦，穿着磨损的连帽卫衣。看上去并不像擅长战斗的人。

然而，我确信——

这个异能者，就是敌人的首领。

太宰操作着通信终端机。

"这个通信机就算旧也要有个度吧！这里是频率，这里是方向——"

在太宰的身后，一个影子动了一下。

"不行，它不识别最后的指示——这是，没有控制钥匙的话就不能更改命令吗！"

身后落下一个巨大的拳头，狠狠砸在了太宰的额角上。

太宰像人偶一样被打飞了出去，旋转着在地板上滑行，直到撞到桌子，才伴随着一声闷响停了下来。

"……很痛呢。"

太宰站了起来，笑道。那是一个异常可怕的笑容。血从他的脸颊滑落。

大个子面无表情地走向太宰。他的双手握着如同榔头一般的大型指虎。

大个子再次挥出一拳。太宰蹭开桌子闪了过去。钢铁般的拳头砸在木制的桌子上，一下就把它打成了粉末。

"好厉害的臂力！快去改行做搬运工吧！"

太宰仿佛在地面滑动一般地移动着，与大个子保持一定的距离。

"真头痛呀，我可是个手无缚鸡之力的人。要是跟你这样的男人用拳头对打，我肯定会像粘土制品一样被打成粉碎的……不过，我和千世小妹妹已经约好了，要去救他们呢。"

"我不会……让你用通信机的。"

大个子挡在通信机前，堵住了太宰的路。

"是吗？那我就放弃它逃走啦。"

太宰突然转了个身，快速向出口跑去。

三.

"站住!"

穿过木门,太宰逃,男人追。

太宰一边逃,一边关上木门。就在大个子想伸手开门的瞬间——

太宰在门的另一边,狠狠使出了一记双脚飞身踢,连门带男人一起踹去。

大个子支撑不住太宰跳跃的体重,并且因为被门阻挡,所以连防御动作也做不出来,于是正面吃了这一踢,直接被踢飞了出去。被踢碎的门撒了一地木片,大个子滚在了地上。

"好球!"

太宰落在地上,向大个子走去准备施以追击。

大个子仿佛完全没有受伤一般,敏捷地冲太宰的膝盖回以低空回旋踢。已经预料到攻击的太宰向后一跳,闪了过去。

"你可真结实啊!"

大个子靠背部的力量跳了起来,打出一记右钩拳。太宰歪着上半身躲了过去,衣角却被对方的指节勾住,因此失去了平衡。

"不好——"

太宰的腹部狠狠吃了一拳。尽管太宰已经立即向后跳,减少了不少杀伤力,但由于正面承受了大个子的重击,他的身体还是被打飞了!

正面挨了能打碎桌子的一拳,太宰的身体弯折着,水平飞向房间另一边,摔在了墙壁上。

撞击令太宰的嘴角溢出了混杂着鲜血的胃液。

大个子乘胜追击。太宰翻身一滚,躲过了冲自己挥舞而来的棍棒一般粗的铁臂。可继续追来的反手拳却嵌入了太宰的脸颊,他带着一种脖子仿佛被撕碎般的痛感飞了出去。

太宰颤抖着站起。

"不仅有力,而且很快啊……你是被大猩猩养大的吗?"

嘴里开着玩笑,眼睛却因为危机感而眯了起来。

——赢不了。

他瞥了一眼窗外,看到下方宽敞的储存库。

在那里,他看到了与敌方异能者战斗着的——国木田。

◆ ◆ ◆

我冲向那个异能青年。既然失去了枪,我就只能用近身攻击来压制他了。

青年向后退去,我却不管不顾地继续逼近,伸手去抓他的手臂。

我所学的武术几乎都是利用敌人攻击速度的投掷技。因此,在这种对手不肯攻过来的情况下,就需要先抓住对方。

青年像要失去平衡似的,缩回身子躲闪。为了抓住他,我本想继续向前迈出步伐,可当看到青年举起手臂的时候,我的动作顿时

三.

停止了。

——冲击波要来了!

我在地上向旁边一滚,躲过了对方举起的手臂中发出来的射线。

躲是躲过了,却还是没能逃过。

我的身体弹向后方,整个人都被掀飞了。全身的骨头都在嘎吱作响。大脑跟不上身体的剧烈加速,意识就要沉入黑暗之中。

我明明——闪过去了啊。为什么——

"我的力量呢,是无法躲过去的。我不是用冲击波把人打飞的,而是可以操纵有'数字'的人,让他们向我想要的方向加速、加速、再加速哦。所以——"

"啊!"

我的背脊骨被狠狠地碾轧了。随着青年挥下手臂的动作,我被击倒在地。那种感觉就像是重力在一瞬间增加了上万倍一样。

"看招,打苍蝇!"

青年每上下挥动一次手臂,地面都会狠狠地撞上我。因为他连续施行向下的加速,让我觉得自己像是被列车连续地撞击着。骨头被挤轧,皮肤也渐渐绽裂。

刻在我身上的数字已经减到了"21"。

"这数字就是你剩下的寿命数了!等它变成零,你就会痛苦地挣扎着死掉!谁也不能从这样的命运中逃脱!谁也不能!不能!不能！不能！"

加速停止了。然而我现在连动一根手指的力气都没有，全身的肌肉都像碎成了一块一块，呼吸中还混夹着灼热的液体。

"武装侦探社的大哥，你这就放弃啦？"

青年漫不经心地走了过来，我却趴在地上一动也不能动。连呼吸都好痛苦，全身的关节都在发出凄惨的叫声。

"我一开始就这样把你们一个个杀掉就好了，不该把那个不怎么认识的新人设计成幕后黑手，然后期待你们内部瓦解的，反正最后都被你们识破了嘛。"

青年走到我身边，随随便便地踢了踢我的头部。我的眼窝里迸出了鲜红的火花，却无法做出任何抵抗。

"但是人最重要的就是向前看啦。只要在这里把你杀了，再把上面的新人也杀了，飞机就会掉下来，让侦探社面目全失，这样一来我就能在横滨更好地展开工作了，一切都会变得容易多了对吧？"

"工作……"

"我可不想在你们这种民间异能组织的阴影下偷偷摸摸地运货，我要堂堂正正地购买器官，堂堂正正地贩卖武器。我的生意一定会非常红火的！"

器官和——武器。

这些家伙，是私卖器官团体吗！

如果港口黑手党是卖家，那他们就是买家。他们贩卖着与黑社

三．

会有关的各种违法商品，例如器官、化学兵器，甚至还有犯罪人才，是黑道的综合商社。他们旗下还有许多走私贩，使国外和本国的犯罪组织都联系在一起。

"我从'苍王'事件中学习了，不能小看武装侦探社的搜查力。所以我们一直很慎重。危险的敌人要从一开始就铲除，这是做生意的基本中的基本。"

我看向自己身上的数字。"11"。也就是说，如果变成"00"，我就会像司机和亚拉穆塔那样，变成死因不明的尸体。

"外国的武器商人……总会出很高的价来买。而这片土地上有港口黑手党、外国街的斗争、无法制地带的横滨租界，到处都是战争的火种。是一块很美味的市场哦。"

正如这名武器商人所说，这座城市里的战争火种是不会消失的。

对他们武器商人而言，自己就像是一个登上了一片新大陆的航海士吧。他们买入器官或者不要命的流氓，然后卖给海外组织，同时，将来自国外军队的倒卖武器商人和身经百战的佣兵带到日本国内来，从而获取利益。

也就是说，这片既没有法律又没有道德的黑暗世界，将新的死亡商人从国外引诱了过来。

然而——

"我不能……让你们把武器散播出去。哪怕是街角发生的小争执，一旦动刀就会变成严重的伤害事件，如果动了枪，甚至会有人丧命。这是……"

"哎呀，你在做什么？"

青年抬起手臂，我的身体弹向了上空。在气体从肺里被挤压出来的同时，藏在我胸口的手册也飞了出来。

糟了！

"你想拖延时间，好在手册上写字是吧。但是没用哦，没用哦。我清楚你的异能力，手册就归我啦。"

青年举起我的手册"哗啦啦"地挥动着。

我的异能有两个弱点。一是需要写字并撕页的时间，二是——一旦手册被抢走，我就无法使用异能了。

这下子，我的异能被完全封住了。

我的腰间还藏着上次战斗中使用过的铁线枪，可是它并没有能够杀伤敌人的威力。

但是，我不能放弃，无论如何都不能放弃。

这既不是因为我不能对飞机上的多条生命见死不救，也不是因为我想保住侦探社社员这份工作。

而是因为，我内心决定应该这样做。

尽管剧痛遍布了我的全身，我还是不管不顾地抬起了身体。

"哎呀……你的眼神还没有死呢，那就再来一次！"

冲击继续向我袭来，我被击飞到后方，滚倒在地。

"呜哇……"

吐血。视线模糊。我已经连自己现在是什么样的姿势都不知道了。

"那我就给你一次得分机会吧。这里是钥匙,是给客机传送干扰无线的通信机的解除钥匙哦。如果没有这个,客机就不可能得救。——你想要吗?你想要吧?"

青年从口袋里取出一把薄薄的钥匙,黄色的钥匙浑浊不清,看上去既小又脆弱。

我凝视着钥匙。

"既然你想要,我就这样。"

青年用力一拧,钥匙便伴随着声响从中折断了。

"什——"

"啊哈哈哈!哈哈哈!这下子你们的希望就被我捏碎了。已经没有人可以阻止客机坠落了!一切都结束了,结束了呢!啊哈哈哈!"

青年大声嘲笑着,仿佛沸腾的泥水一般,嘲笑着世界的终结。

"好了,该谢幕了。我来把你杀了吧,杀完之后,我们就可以高唱凯歌了!"

青年抬起手。

肌肤上的数字已经显示了"04"。

三.

我下意识地看了一眼二楼的通信室。

然后我便看到了太宰。被揍得遍体鳞伤的——

太宰。

○　　○　　○

国木田就在窗子下方。

全身都受到了攻击，体无完肤。

高大男子又向太宰挥出一击。仿佛要把对方整个头部都一起击飞似的强拳击向太宰，太宰借着这股气势狠狠地向窗玻璃撞去。

碎片四处飞散。

太宰看到了国木田。

他们的视线相互交错。

然后同时吼道：

○　　○　　○

"国木田君！"

"太宰！"

◯ ◯ ◯

只需要这一个举动我就全部理解了。

我迅速抽出腰间的铁线枪举起,对准太宰发射。

铁线枪的钩针没有失误,准确地刺入太宰身边的墙壁里。

我卷起铁线,身体随即浮在了半空。

太宰跳了起来。

向着窗外,向着一楼的储存库。

他踹了一脚窗框,飞身跳入空中。

跳在空中的太宰,以视线锁住了国木田。

国木田的视线也捕捉到了太宰。他像被铁线牵引着一般,在地上飞速狂奔。

二人的视线交错,互相说了些什么,又再次分开。

我卷起铁线枪,在张力的拖拽下全力奔跑。

三.

太宰已经离开了通信室，身体正飞在空中。

我来到通信室窗子的正下方，然后顺着伸向上方的铁线借力一蹬——

垂直着跑上了墙壁。

"哦噢噢噢噢噢噢噢噢噢噢！"

我蹬着墙壁，在上方加速，很快就爬上了窗子，然后踩着窗框跳入室内。

抬起头来，只见眼前有一名褐色皮肤的高大男子，双手都套着指虎。

能够轻易击碎人体的拳头立即冲我的头部挥了下来。

大个子被弹飞了。

他顺着弹飞的力度狠狠地撞在了墙上，同时露出惊愕和困惑的表情。

他不明白刚才发生了什么。不明白自己是被我借着他的冲势扔了出去。

大个子很快站了起来，挥出第二次的铁拳。

"不管来几次都一样。"

我没有违抗敌人的来势，一边移动身体，一边抓住了对方的手腕。然后歪斜着身体，轻轻支撑住大个子的手肘。

接着，我顺势将体重压向后方。下一刻，大个子的身体就像被下面伸出来的一堵巨大墙壁顶了起来，猛地撞在了天花板上。

巨大的冲击让他两眼一翻。

◯　◯　◯

"什么……你是……"

"真不好意思呢，你的对手是我哦。"

落在一楼储存库的太宰踩着轻盈的步伐向青年走去。

"为什么！数字……出不来！也不能'加速'！为什么为什么为什么啊！"

"看来你调查得还不够啊。异能对我是无效的哦。"

青年一边后退，一边向太宰举起手臂，可太宰的步伐丝毫没有停顿，一直走向他。

"而且刚才那算什么？一句话也不说，单使个眼色就互相交换了敌人……还几乎是同时！你们是怎么练出这种把戏的……"

太宰面带笑容地继续走向青年，后者却像被压制住一般不住后退。

"你，你究竟是什么来头！你的经历完全被删除了！你到底是谁，是谁，是谁啊！"

"对了，我还没有自我介绍呢。"

三.

太宰站在青年面前,俯视他。

他慢慢握住拳头,举起到眼前的高度。

太宰的右拳捕捉到青年的面部,狠狠地砸了下去。

巨大的冲击力让青年整个人旋转了半圈,然后就势两眼一翻,晕了过去。

"我叫太宰,是侦探社的一员。"

我把如同猛兽一般来势汹汹的大个子扔了出去。

对手的力气越大,我的投掷技的威力就越强。

不知道第几次的投掷技,让大个子撞破了窗框,直接飞出了室外,掉落在一楼。

我从窗口向下探头一看,只见他已经口吐白沫地失去了意识,估计短时间内是爬不起来了。

我看了一眼自己的皮肤,上面印着的数字已经消失了,想必是太宰打倒了那个异能者吧。

哎呀呀。

这下放心了。我看向通信机,剩下的事就只需要把它关闭。

我操作旧式终端,寻找频率和方向。虽然它的型号相当原始,但我还算操作得来。

"国木田君!"

在楼下打倒了敌人的太宰沿着楼梯跑了上来。

"要使用那台通信机的话,恐怕得使用这个解除钥匙才行!但是,那家伙,临终之前好像把它掰断了!"

太宰一脸惊慌,将断掉的钥匙拿给我看。

"我知道。"

"这样就不能使用通信机了!飞机会——"

"我周围时常会出现问题,突发事件才是我的日常。因此,都会像这样——"

我撕破腰间口袋上缝着的暗袋,从里面取出一张纸。

"把紧急情况下要用的手册纸页藏起来。"

打开纸片,我用自己的血在上面写下文字。

"'独步吟客'——解除钥匙!"

纸页改变了模样,变成黄色的解除钥匙。

"而且,我只要准确地看过一次,就能用异能再现同等形状的物体。"

"是……是这样吗?"连平时淡定的太宰都瞪圆了眼睛。

"没错。你很惊讶吗?你很惊讶吧?按照我们说好的,请我喝一杯。"

我配合通信机操作盘的操作条件,插入解除钥匙,一拧。操作盘上亮起了绿灯。

我用力地按下无效化的按键。

"这样飞机应该就会恢复操纵了！太宰，联系机长！"

"已经在联系了！"

我们跑向外面，可是与此同时，不知从哪里传来了地震般的低沉响动，连空气都跟着一起发生了震颤。

这声音是——

我们越向外跑，低音就越来越大，最终变成震耳欲聋的轰鸣。

"机长！听得到吗?!我们已经把干扰器停下来了！现在应该已经可以操纵了，快点把机首抬起来，让飞机升高！"

"我已经在做了！可是高度下降得太厉害！可恶，快抬起来！"

从刚才就听到的轰鸣，原来是就在附近飞行的客机发出的喷气声！

我和太宰跑到了建筑物的外面。

大地映出一道巨大的影子。空气在轰隆隆地吼叫。我们抬头看向天空。

巨大的客机在半空中，已经逼近我们的眼前！它从我们头上飞过，在前方大地的吸引之下，向着街道、向着地面冲了过去。

别掉下去。不能掉下去。

别掉下去。快飞，飞上天空，快飞。

"快飞啊啊啊啊啊啊啊啊啊啊啊啊啊啊啊啊啊啊啊!"
我发出了嘶吼般的叫声。

客机的影子掠过地表,机首渐渐抬了起来。
恢复高度的客机在大地卷起一道澎湃的飓风,飞向前方的夕阳。
——飞起来了。
赶上了。
傍晚的天空染上了浓厚的鲜红色,将白色的客机吸引过去。
我和太宰一直眺望着,目送客机的光辉渐渐消失在天际。

四.

十三日。

吾未归久矣。今于居,方记之如下:

人生于世,命途无常,或朝不保夕,活于一日当得一日之幸,是以为满足。

吾与朋辈,皆倾力救人命于死生之间,然尚未得全,深以为憾。

此为事实,纵勉力而不可避之,是以天道无常,万物皆为刍狗。如此,何为生?何为死?吾思而不得。

亦或何为天道?皆不知也。

连续恐吓事件就这样画上了句号。
我和侦探社忙着处理后续工作:接受市警军警的问询、写损害保险的报告书、应付报道机构。虽说我是调查员，但还是有很多不得不做的事务性工作。在忙碌的麻痹下，我没有丝毫时间可以沉浸在感伤之中。

或许是察觉到还有事务性工作要处理，因此太宰以"有要调查的事"为借口，匆忙抛下杂务，不知道消失到哪里去了。等我找到他一定要把他捆起来。

在这次事件中，许多市民目击到了大型客机擦着地面飞过的一幕。报道称这起事件的主犯是外国的非法组织，并在旁标注，是侦探社的大显身手才使得主谋者被发现进而被逮捕。

侦探社使这起前所未有过的大事故在最后关头得以扼制，自然得到了民众的赞赏，可是另一方面，也有很多声音表示，侦探社应该对自己周边发生的这一系列凶恶事件负责。尤其是针对绑架被害人因毒气身亡事件的批判，应该会给侦探社留下很严重的影响吧。

在我把那些繁多的杂务呈报都处理完毕的那天，我被叫到了社长室。

"打扰了。"我行了一礼，走进社长室。

"工作怎么样？"社长一边看着桌子上的文件，一边问道。

"还是一样忙得头晕眼花。而且太宰那家伙还逃掉了。他说讨厌做事务工作，所以就把文件类的工作都扔给了事务员，连军警调查部的审讯都逃了。我一定要把他推到热水锅里煮一煮，要是让他丢掉小命他肯定会很高兴，所以我会控制在让他死不了的程度。"

四.

"记得在警察看不到的地方做,小心别被人发现了。"

社长把文件整理好,装入信封之后,看向我。

"这次干得不错。军警的将官直接发来了表扬状。好像说的是——'尔等乃市井侦探业之模范'。我也卸下了肩头重负,之前还想过要不要暂时——让侦探社关门休息一下。"

这……

还没等我说话,社长又继续说道:

"没有什么生意是比人命还要宝贵的。如果侦探社的存在会危及人命,那就这样吧——我也这么想过。但是,一切都解决了。国木田,这都是你的功劳。"

社长说完,用手指揉了揉眉心。

社长从来不让任何人看到自己操心公司的一面——说不定,他有些累了。

"另外,国木田,我给你出的作业,你有答案了吗?"

作业。

——"入社测试"。

社长委托我判断太宰是否有资格入社的事。

"如果是有关太宰的事,那我已经得出结论了。那个男人非常可恶。无视前辈的命令,在工作的时候不声不响地消失,爱好另类,对女人心软,既讨厌力气活又懒得做事务工作。简直就是那种不适合生活在社会上的群体的领导者。如果去做其他工作,估计不出三天就被人赶回家了吧。"

说到这里,我停顿了一下,接着说出我早就想好的台词。

"……但是,作为一名侦探,太宰是非常优秀的人才。过不了几年,他应该就会成为侦探社屈指可数的调查员。他——及格了。"

"原来如此,既然你这么肯定,那就不会有错了。"

社长在入社文件上签了字,并盖好章。承认太宰治——进入侦探社工作。

"话说回来,社长,如果方便的话,我下午想请个假。"

"可以。有什么事吗?"

"有点……私事。"

◇ ◇ ◇

穿过灌木丛小道,就来到可以俯视海湾沿岸的一小块墓地。

小小的墓碑一点一点地摆列在斜坡上,在大海反射光的照耀下发着白光。我在墓碑之间走过,在其中一座很新的小墓碑前站定。

献花,祭拜。

"国木田先生,您是来祭拜这些牺牲的人吗?"

听到这个清澈的声音,我睁开了眼睛,只见身着白色和服的佐佐城女士就在我旁边,她的右手拿着一束白菊花。

女士在一旁放下花,与我的那一束摆放在一起,然后轻轻地垂

四.

下眼帘。

"和服很适合你。"

"我觉得穿丧服会比较好,但不巧的是,我只有这一件……国木田先生,每次在工作中遇到有人去世,您都会像这样来到墓前献花吗?"

我和佐佐城女士来到的地方,是那些被绑架到废弃医院的地下室后死去的被害人的墓地。

"嗯。没什么特别的原因,只是觉得应该这么做,就这么做了。"

佐佐城女士既没有否定也没有肯定,只是面带微笑地看着我。

海风吹过,山林小道上的树木"沙沙"地摇晃起来。

我自言自语般地说道:

"……第一次在工作中遇到有人死亡的时候,我哭得差点起不来,还无故旷工了。当时心想,我肯定不能从痛苦中恢复过来。可是最近的我变得流不出一滴眼泪。所以,为了代替我失去的泪水,我觉得自己应该过来祭拜一下他们的坟墓,仅此而已。如果不这样做的话,被害人是不会高兴的。"

"流泪的话……死去的人们就会高兴了吗?"

"我不知道。或许既不会高兴,也不会得到救赎吧。不管是流泪,还是在墓前祈祷,都无法传达给死者。他们的时间已经停止了。我们能做的,就只有悼念他们而已。并且,有人死去,活下来的人还可以悼念他们。这个事实才是正常的世界,我只是相信这一点罢了。"

"……国木田先生真残酷呢。"

佐佐城女士的话让我回过头去。

然后我吃了一惊。

不知何时,她的眼睛里已经满是泪水。

"之前告诉你们的事……我撒了一个谎。其实我和分手的恋人……是死别。他是个为理想而奉献生命的人,我尽力地想成为他的力量……可他从来没有对我说过一句情话,就自己一个人走了。"

这种情况下,如果是有心之人,应该会体贴地说一些安慰她的话吧。

"是吗?"

然而我只能附和地说出这么愚蠢的两个字。

"死去的人太卑鄙了。您说得没错,死者的时间已经停止,不管我做什么,他都不会再高兴,都不会再露出笑容。我已经——累了。"

眼窝无法承受的大颗泪珠顺着佐佐城女士的脸颊滑落。

如果这个世界上有无所不知的仙人,那么出自仙人之口的完美语言,能够阻止她的泪水吗?

我不知道。我是个追求理想的人,我将理想记入手册,只要是为了实现理想,什么都忍受过来了。而现在,我也在努力思考着有没有完美的语言,有没有能够拯救世界万民的完美救赎。

可这份努力,在一名女子的泪水面前却显得那么无力。

四.

"不好意思，我失态了……我，差不多该告辞了。"

"你还好吧？"

我又问了个愚蠢的问题。

"没事。其实，军警那边委托我担任这次事件的外部顾问，辅助分析官。我的专业就是有关这方面的，而且这次事件实在过于复杂……所以我一会儿要去与负责人员碰面。"

说起军警的外部顾问，那得是相当优秀的人才能担当。虽说佐佐城女士这次帮助我们解决了事件，但这还是表示，就算没有这个因素，她应该原本在那个领域内也做出过相应的成绩吧。

"那么，如果工作上遇到困难，我也来麻烦你吧。"

"嗯，好的。"

佐佐城女士终于露出了微笑。

地平线传来的海风抚摸着山脊吹过。

佐佐城女士点头行了一礼，便离开了。我目送着她的背影消失在视线之外，然后心不在焉地眺望横滨的风景。

突然响起的手机唤回了我的意识。是太宰打来的。

"国木田君，你能来一下吗？"

太宰的声音罕见地低沉。

◆ ◆ ◆

"什么,你让我来的就是这里?"

太宰把我叫来的地方,是发生第一次事件的废弃医院。

深夜看来惊悚诡异的废弃医院,在白天阳光的照射下,也只不过是一间褪了色的废屋罢了。阳光从破碎的窗子中斜斜洒入,在原本应该是病房的房间地板上印下洁白的圆点。

"这把枪要怎么打开保险?"

我看向太宰,只见他正少有地拿着枪。那是公司的一把双排弹匣备用枪,只要是侦探社的社员都可以随时带出来。

"你就是为了问我这个才把我叫过来的吗?"我无奈地把黑色手枪的保险打开。

太宰把枪口对着虚空瞄准了好几次,然后说道:

"我觉得那些武器商人,怎么也不像是'苍之使徒'啊。"

——什么?

"你想想看,他们是不可能策划这些事件的,也没有动机。"

"说到动机的话,我听他们说了——因为他们要打入横滨市场,侦探社是一大阻力,所以他们才设计了这些事件,目的是摧毁我们。难道不是吗?"

"没错,他们自己应该也是这样想的。但是啊,这真的是无论

四.

如何都必须做的事吗？"

"……你这么说是什么意思？"

"因为'苍王'的事件，他们觉得侦探社很危险。但是会阻碍到他们的武力组织，应该不只侦探社一家哦。他们还必须警惕军警、海岸警卫队，异能者方面还有内政部的异能特务科。他们策划这么大规模的恐吓事件，如果只针对侦探社，性价比是不是也太低了点？"

"直接说你的结论。"

"他们是因为什么人而对局势产生了错误的认知，所以才来找我们茬——也就是说，有人夸大了侦探社对他们的威胁，教唆他们，说侦探社才是他们最棘手最可怕的敌人。"

莫非……

那才是真正的"苍之使徒"——这起事件的幕后黑手吗？

"喂，太宰，快告诉我。你已经对'那个人物'有眉目了吗？"

"嗯。"

"是谁?!"

我不由得揪住了太宰的领口。

太宰的表情丝毫未变，笔直地回视着我。

"我已经给那个人发了电子邮件，叫到这里来了。我在邮件上说，我手上有你是真凶的证据。人应该就快来了。"

什么？

我环视室内。

这原本应该是间病房，设计得极为普通——眼前有一个入口，背后是窗子。我们前面有两张烂得只剩骨架的病床，旁边有一个空药柜。除此之外什么也没有了。地板上也几乎没有碎石或沙子，显得空荡荡的。——真凶真的会来到这里吗？

"脚步声。"太宰突然说道。

我反射性地看向入口。

只听鞋子敲打地板的声音，渐渐朝这边走过来了。

我发现太宰正紧紧握着枪，原来他是因为这个才带上枪啊。

我的枪已经还给社长了，要现在使用手册做一支枪出来吗——不，来不及了。

汗水不知不觉间从我的脸颊流下。

声音很近，马上就要出现了。

先是脚，接着是身体，那个人的模样和脸已经明显地——

"你们在这种地方做什么啊，戴眼镜的？"

站在入口的人，是——

"为什么……你会在这里？"

"这是我要问的啊，你是来欣赏事件真相的吗？"

站在那里的，是身为黑客的六藏少年。

四.

——你就是凶手吗？

你就是"苍之使徒"吗？

我的大脑自动运转起来。以六藏少年的能力，确实能远程操作太宰的电脑来发送电子邮件。不对，说起来，我之所以怀疑太宰是"苍之使徒"，就是因为六藏少年提供的情报。

如果是非法的黑客，想联系国外的非法组织，进而提供偏颇的情报也不是不可能吧。

而且最重要的是——他有动机。

憎恨侦探社的动机。

憎恨我的动机。

"六藏，为什么？是因为我吗？是吗？因为我害死了你父亲——所以你才这么，这么恨我们吗？"

"我父亲？我是恨杀死我父亲的人，这还用说吗。但是啊，戴眼镜的——"

这时，太宰突然插了一句：

"原来如此，是这样啊。六藏，你——偷看了我发的电子邮件是吧？"

什么？

太宰，你不是——给真凶发了电子邮件吗？

就在这时——

枪声。

六藏少年的胸前出现了一个巨大的洞。

鲜血四溅。

"……"

六藏少年保持着张开嘴想说些什么的姿势,向前倾倒。

他被枪击中了。

我反射性地看向太宰。

然而太宰并没有举着枪。

太宰的表情也完全僵住了。

这时,从入口方向,倒下的六藏少年身后,传来了一个声音。

"非常抱歉……国木田先生。"

入口出现了一个人影。

长长的黑发,纤细的颈项,白色的和服。

手里拿着手枪,枪口冒着微弱的硝烟。

对方跨过六藏少年倒地的身体,向这边走来。

真不可思议——

她——曾经那么美。

四.

"你就是,'苍之使徒'吗?"

我的声音在室内响起,听起来好像是从别人嘴里发出来的。

"对。"

她的声音听上去十分凛冽,震撼了我的鼓膜。

"佐佐城女士,你就是一切的策划者。这一点……你承认是吧?"

太宰问道。

"太宰先生,我有一个请求。请你……把枪扔掉。否则的话……"

佐佐城女士的枪口对准了太宰。

"我会扔的,作为交换,我想问你几个问题。"

"请随意,任何问题我都会回答的。"

"我知道了,那我就把枪扔掉吧。"

太宰二话不说就把手枪扔在了脚下。手枪击中地板,发出冷硬的撞击声。

"佐佐城小姐,你为什么要针对侦探社呢?"

"我觉得,太宰先生您——已经知道了。"

"嗯,你可真厉害。虽然你在我们面前故意掩饰了,但你的脑子恐怕相当灵活。我可以理解你为什么年纪轻轻就成了犯罪心理学的著名研究者。"

太宰放弃了一般,继续说道:

"你想做的事有两件,一是给犯罪者定罪,二是向侦探社复仇。

对吧?"

给犯罪者定罪?

这个说法,简直就像——

"我只能……想到这个方法。"

"复仇这件事本身有意义吗?"

"太宰先生,这世上所有的复仇都是没有什么意义的。只不过……我只能这么做。即使我自己很清楚这是错的,但如果我不为了死者这样做,我就会失去自我。"

复仇?

侦探社经常会与人结怨,从来不缺少想向我们复仇的人。

"是啊,即使知道没有意义却还是必须做的,才算是复仇。而且不幸的是——你并没有其他应该复仇的对象了。"

——是死别。

——他是个为理想而奉献生命的人。

"单凭你一个人是办不成的,但你有聪明的头脑,以及与犯罪有关的知识。你利用这些,已经数次给犯罪者定过罪了。所以这次的'苍之使徒'事件,对你来说也算得上是必然的计划吧。"

太宰说到这里停了下来,他看了我一眼,才继续说道:

"你所做的一切行动,都是为了已逝的恋人——'苍王'而发动的祭奠之战。"

四.

"苍王"。

用犯罪来给犯罪者定罪,稀世的恐怖分子。

是侦探社查明了他的所在地——于是他死了。

"以前就有人暗中推测过,'苍王'是不是有同犯。因为他所犯下的罪行实在是太精湛了。然而警方的结论是,先不说是否有被他用金钱雇佣的一无所知的施行犯,总之,'苍王'是没有与他志同道合的同犯的。究其原因是因为,犯罪者会拉帮结伙的动机大部分是因为拥有同样的政治思想,或者为了平分金钱。而'苍旗的恐怖分子'事件却不属于任何一种。——不过'苍王'的女朋友居然是比他本人还要优秀得多的谋士,这一点任谁也没有想到。"

"那个人……是个清高的人。他因无法杜绝的犯罪现象感到痛心疾首,一直摸索着一个不会有任何人受到欺凌的理想世界,并为此感到十分苦恼。因为他早就知道,遵守法理并不能拯救所有人,所以他才选择了制定法理的道路——立志成为国家官僚。"

佐佐城女士像要把心中的什么东西全部倾倒出来一般,淡然地继续说道:

"即使如此,他的道路也很艰辛。体制的恶习,同僚的干涉,上司的不理解——挫折使他苦闷,重新振作也让他苦闷。就连陪在他身边默默看着的我都明白,他所走的这条路就跟赤脚踩在刀山上没什么两样。某一天,那个人坏掉了。他对理想感到绝望,竟然想切腹自尽。我实在忍受不了——就说出了不该说的计划。"

用犯罪为恶行定罪。

实现理想的修罗之路。

"佐佐城小姐,'苍王'所犯下的一系列罪行,恐怕几乎都是你策划的吧,为了自己的爱人。"

"我不后悔。"佐佐城女士语气干脆地说道,"他的理想就是我的理想。如果他能够得到回报,我情愿变成修罗,变成恶鬼。"

"可是,让你奉献一切的'苍王'死了。他被侦探社逼到了绝路,和六藏少年的父亲一同被炸死了。如果你能在那个时候——停手就好了。"

"不,我不会停手的,当时的计划才只进行到了一半。他计划必须定罪的犯罪者还没有全部解决。并且……或许你们会笑话我,但是我自己实在忍受不了,忍受不了在他已经死去的现实面前,我什么都不去做。"

"于是,你就制定了一个计划,让剩下的那些应该定罪的犯罪者主动犯罪,再让侦探社制裁他们。只要用丑闻攻击刺激一下侦探社,我们就不得不为了逮捕犯人而行动。"

一直在不留下任何证据的情况下实行绑架的计程车司机。

在国内甚至连证实其为犯罪者的资料都没有的炸弹狂魔亚拉穆塔。

进行违法的器官买卖,想暗中进口武器的武器商。

他们是无影无踪的罪犯,在现行的法律之下,制裁哪一个都极

四.

为困难。

"在这个计划中最大的亮点就是,你自己没有犯罪。恐怕安装监视器、准备绑架监禁地点、与炸弹狂魔亚拉穆塔交易等所有行为都是武器商他们去做的,你甚至完全没有帮过忙吧。就连武器商他们自己,估计直到最后都认为他们是出于自己的意志和计划来行动的。所以也不会有任何证据。哪怕是那些武器商,也绝对想不到他们从你这个情报源得到的情报居然是被私自扭曲过的。所以不管警方再怎么搜查,都只能判断为'武器商们在收集情报时出现的失误'。"

在将绑匪逼到绝境的时候也好,在逼问太宰的时候也罢,我一直有一个感觉。

"这个犯人,不会弄脏自己的手。"

任何人都不能制裁在法律上没有犯任何罪的犯人。

——这样好吗?

——让这种不讲道理的行为霸占整个世界,真的好吗?

"并且,你为了消除自己就是本案策划者的嫌疑,主动成为了废弃医院的绑架被害人,借此接近侦探社。只有你,是没有被司机绑架的。由于一切都合情合理,所以我们也并没有过分追究,但是司机没有理由抛弃自己当初'绑架去旅馆的乘客'的这个计划,反而去绑架晕倒在车站的你,毕竟那样做有太多的目击者啊。而且,如果他对我们辩解说'我真的不认识那个在车站的女人',就等于他当众宣布他认识其他的被害人,所以他也不可能这么说。于是,你就钻了所有人心理上的空子,成功打入了侦探社的内部。"

太宰的眉头从来没有皱得这么紧。

"佐佐城小姐,我很难理解你啊。像你这么聪明的头脑,说不定可以在犯罪心理学上树立耀眼的成果,或者涉足中央犯罪搜查的构成,创建比现在更为先进的消灭罪犯组织。这样一来,就算和你们的理想不同,也还是可以减少世界上的犯罪吧。可是⋯⋯"

"我是个⋯⋯没有野心的女人。我只是⋯⋯不想看到那个人痛苦的表情而已。"

为什么?

我的脑海里只重复着一个问题。

这是为什么?

是谁错了?

是谁偏离了理想的道路?

"佐佐城小姐,你的犯罪行为就此为止了。就算你是个不肯弄脏自己双手的透明罪犯,你也无法掩饰自己刚刚射杀了六藏少年的罪行。我们就是目击证人。你会得到现行法的制裁。"

"不,我不会被制裁的。"

佐佐城女士对准太宰举起了枪。

事到如今——她还想用这种东西威胁什么?

"没有目击证人,你们无法作证。因为,如果在这里发生的事

四.

让第三个人知道了,侦探社就会再次遭到攻击。"

佐佐城女士眯起了眼睛。

这是恐吓吗?

她居然计算到了这一步——

"住手吧。"

干涩的声音从我的喉咙里传出。

"住手吧,已经够了,我不会再让你攻击侦探社。"

"国木田先生,请不要动。"

"住手!为什么啊!这是为什么!你的枪应该瞄准的人不是我们!"

"那么,国木田先生,请您告诉我,我的枪应该瞄准谁呢?我应该去憎恨谁呢?"

"这——"

这个问题应该有答案的。

让事情发展到这一步的元凶。

所有人都能收到回报,所有人都能得到拯救,这样的理想世界应该是存在的。应该有什么邪恶的东西阻断了我们通往那个世界的路。

一定有,一定有什么,一定——

佐佐城女士大概把我的犹豫当成了无言以对吧。

她皱起了眉,垂下眼帘。

"我今后也会像以前那样一直当一个枪口,随时为那个人——为'苍王'的理想牺牲一切。我不会让你们侦探社妨碍我的。所以,这是——"

佐佐城女士慢慢放下了枪。

"这是契约。你们不妨碍我,我不攻击侦探社。我会直接离开这里,然后在别的地方,利用别的组织,发动同样的事件。一次又一次地发动。而你们不能阻止我。"

"这就是你想要的?"

太宰向佐佐城女士投去的目光极为透彻。

"太宰先生,如果是你应该可以明白。你一直都能够预测未来,不被感情左右,永远选择最照顾大局的行动。那么你应该清楚,你们在这里只能采取一种行动。"

"你说得对,我什么都不会做的。"

"那么——"

佐佐城女士盯住我,露出了浅浅的微笑。

她今后也会一直谋划下去吧。

欺骗他人,操纵罪犯,不断堆砌死者与定罪。作为"苍王"的亡灵和随从——"苍之使徒"。

——死者的时间已经停止,不管我做什么,他都不会再高兴,都不会再露出笑容。

——我已经,累了。

四.

我不能让她杀人。

这种行为不是理想。

理想的世界必定存在。

谁是阻碍者,要怎么才能见到,要怎么才能实现理想。

"国木田先生。"

佐佐城女士对我低声说道:

"或许你会觉得我是在骗你,但是,在地下的蓄水箱……你毫不犹豫地把我救了出来。我还是……有些开心。这是我们最后一次见面了,我有件事想告诉您。国木田先生您……"

枪声。

佐佐城女士的胸口被三发子弹贯穿了。

鲜血从她胸前的洞喷溅出来。

身着雪白和服的佐佐城女士,仿佛飞舞的花瓣一般旋转着。

然后便如同断线的人偶——

"佐佐城……!"

我跑过去,把她的身体抱了起来。

好轻,就像一具没有肉的人偶。

从胸前伤口处喷射出来的鲜血渐渐将和服染成了深红。

"活……该，下地狱吧……"

我抬起头。

倒在地上的六藏少年，正举着黑色的手枪。

"是'苍王'……是你，杀死了……我父亲……"

因为大量失血而脸色惨白的六藏少年露出了一个可怕的笑容。

他手中的枪正冒着硝烟。

"我要为父亲，报仇……父亲他是个，正义的人……你活……该……"

手枪从六藏少年的手中掉落。

六藏少年的脸落在自己的血泊里，微微抽搐了一下——便再也不动了。

"国……木田……先生……"

佐佐城女士在我的怀中低喃道。

一缕鲜血从她的嘴角静静地流下来。

"你跟他……在某些……地方……很相像……"

她那双茶褐色的眼瞳反射着光，摇摇曳曳。

"请……千万……不要被……理想所杀……我……喜……欢……"

四.

…………

她死了。

"国木田君,她杀了太多人,这是罪有应得。"

听到太宰的话,我觉得全身的血都一下子冲上了脑子。

"太宰!"

我一把揪起太宰的前襟。

太宰的表情丝毫没变,只是静静地回视着激动的我。

"国木田君,你想象的那种理想世界是不存在的。放弃吧。"

"你闭嘴,太宰!对方只是个没怎么用过枪的女人啊!根本不需要杀掉她!就算不杀她,你只要多花些时间制定正确的对策,也应该可以避免更多的牺牲啊!可是!"

"杀她的人不是我,是六藏少年。"

"你以为我不知道吗!"

我指着掉在六藏少年身边的黑色手枪。

"那是你的手枪!你趁我说话的时候,偷偷把脚下的手枪踢给了六藏少年!你明知道六藏会杀了她!"

从太宰所站的位置,完全可以不惊动佐佐城女士,通过病床下方将手枪踢过去。

"我没有杀她。"

"你跟杀了她没有区别!"

"遗憾的是,你无法证明我有这个杀意哦。不管是拿着手枪的,扣动扳机的,还是怀有杀意的,都只是六藏少年。我只是对着脚下的手枪踢了一下而已。"

不弄脏双手地杀人——

太宰所做的事,跟佐佐城女士所做的事一样。

通过第三者的手,第三者的杀意,来夺人性命。

现行法既无法证明这种杀意,也不能加以制裁。

"国木田君,对她来说,那是唯一的救赎。这样是最好的。"

"不对!"我吼道,"这样的事不应该成为理想!一定有什么的,一定有什么是真正的问题所在!因为……"

如果佐佐城女士真的憎恨这个世界。

如果她真的想消灭我们。

那个时候——在废弃医院里,当我想冲进毒气里的时候,如果我没有被身边的佐佐城女士突然拉住,我就会吸入毒气而亡了。如果她想杀人,在那个时候完全可以轻松杀掉我,这样她就实现复仇了,还可以假装成单纯的过失,不用背负任何罪名。

可她救了我一命,这是为什么?

这难道不是——她出自本能的、条件反射式的行动吗?

我从喉咙里艰难地挤出声音,劈头盖脸地向太宰砸去。

"因为,佐佐城女士她其实并不想制造这样的事件!她根本一点儿也不期待什么犯罪者会被定罪的世界!她只是……"

四.

——我只是……不想看到那个人痛苦的表情而已。

——不行,不可以碰那个锁!

"太宰,你告诉我!她被枪击而死,是正确的吗?!这样的结果就是我所追求的……理想的世界吗……"

太宰看着我,平静地说道:

"国木田君,妄想着理想的世界一定存在于某处的人,才会憎恨这个不理想的世界,才会伤害周围的人。'苍王'就是这样。他贯彻着自己的理想与正道,到头来伤害的却是身边的弱者。"

太宰的视线投向了某处虚无的远方。

"追求'正道'的话语是一把刀,它只会伤害弱者,无法守护与拯救别人。杀害佐佐城小姐的凶手——就是'苍王'的'正道'。"

太宰的谴责深刻地刺痛了我。

我一直都在追求正确的理想世界。

为了实现理想,我战胜了一切困难。

"国木田君,只要你继续追求理想,继续排除阻碍理想的事物,总有一天你的体内也会燃起和'苍王'一样的烈火,它会将你的周围烧得什么也不剩。我曾经——见过很多这样的人。"

太宰的视线正对着某种谁也看不到的东西。

那道视线,正凝视着我甚至无法理解的人类的黑暗,以及这个世界的深渊。

"我——"

我松开了抓着太宰的手。

我知道他要说什么。

或许所谓的正道是不应该在外面寻找的,而是从自己的内心发掘。

然而——

佐佐城女士死了,六藏少年也死了。

我在自己的心里寻找正道,得到的却只有无助感。

"……"

我透过废弃医院的窗子,看向外面。

鲜红的彼岸花正在腐朽的前院里摇曳。

就算闭上眼睛,那鲜红也还是会残留在视网膜里。

还有她那微笑的面容——

幕间 二.

黄昏。

在能够眺望到横滨港湾的沿岸，有一辆车子翻滚在道路上，燃烧起来。

那是军警的囚车。两名护送兵被杀害，尸体挂在车上摇晃着。

"住，住，住手，为什么你们黑手党要，要对我……"

活着的人影有两道。

一道是身为武器商的青年，在被逮捕送往军警基地的途中，他遭到袭击，受了伤。

"为什么？你还要问原因吗，武器商？真够愚蠢的。"

另一道是漆黑的身影——身披蠢蠢欲动的外套，向青年走近的芥川。

"你愚弄了我们港口黑手党。你想故意把有关贩卖器官的司机的情报泄露给港口黑手党，让我们处理掉他，对吧？至今为止，凡是为了一己私利而欺骗、利用黑手党的人，我必定会将其杀掉，就算是现在这一刻也不例外。"

芥川的黑靴向前迈步，青年一屁股坐在地上。

"谁，谁也，谁也处置不了我！去死吧！"

青年刚举起手臂,芥川的皮肤上就浮现出文身一般的图案——数字"21"。

接着,青年将手臂挥下。芥川向后方"加速",被掀飞了。

然而——

"什……"

虽然芥川被轰向了后方,却还是灵活地止住了身势,慢慢回到原来的位置。脸色纹丝未变。

"就这点本事吗?"

原来是芥川的外套化作无数黑针刺向大地,发挥了缓冲垫的作用,支撑住他的身体,遏止了冲击。

就像为了表示回敬一般,芥川张开了"罗生门"这头黑兽。

外套生出了两头黑兽,奔向青年。青年试图躲避,却没来得及,就被黑兽尖利的下巴撕裂了。

青年一边发出痛苦的惨叫声,一边被撕扯啃咬成无数的肉片,直至生命消逝。

芥川还是带着冷冰冰的表情,一直观望这一幕。

"真厉害啊,看得人都没有食欲了。"

芥川回头,就见一道人影。

"罗生门"的黑刃抢在开口之前射了出去,连钢铁都能割裂的黑刃冲着人影的脖子飞去。

然而,就在黑刃即将碰到人影脖子的那一瞬间,却受到了冲击。

幕间二.

有某种看不见的力量发挥了作用,将黑刃弹开了。

黑刃只是微微割破了颈处的皮而已。那是异能力展开的防御。

"别一上来就攻击啊,我们不是生意伙伴嘛。"

"你们也是想利用港口黑手党来获利的不轨之人,这是不变的事实。"

男人从芥川的视线前方走了过来。

那是个壮年男子,一个戴黑色帽子的白人。

正是太宰和国木田在大使馆见过面的美国谍报员。

谍报员一边抓着脖子,一边用随便的语气对芥川说道:

"这是个误会啦,我不是所谓的顾客嘛。你们黑手党取代那个武器商,得到了武器交易的海外渠道。我们阻止了本国的违法出口商在日本惹出事端。这不是个很棒的交易嘛,我可不想被当成小偷啊。"

"欺骗与教唆就是你们谍报员常用的手段。你们会与这起事件扯上关系,肯定有别的目的。"

"这当然有啦,但是别担心,已经结束了。"

谍报员带着笑容继续道:

"在发生'苍王'事件的时候,也把我们吓了一跳。毕竟被'苍王'定罪的执政党议员,正是被我们抓住了弱点加以利用的非法合作者啊。虽然'苍王'可能不知道这件事,但如果事件拖延下去,早晚会败露。所以如果有可能,我们是希望'苍王'可以尽早从这个世界退场啦。所以我们才会暗中调查，并悄悄地把'苍王'的秘密基地告诉了侦探社。当然，是对情报来源加以伪装的基础上。然后再向市警的搜查本部散播假消息，搅乱他们的指挥系统。跟我们计划的一样，'苍王'在几名警察的包围下自爆死了。这样一来，真相就永远成了个谜。残暴的犯人也死了，所有人都得到了幸福。"

芥川对谍报员所说的话沉思了片刻，然后开口道：

"抹杀武器商的事先不提，我不认为国外谍报组织会为了保守秘密而消灭日本的恐怖分子。这是为什么？"

"啊，那件事并不是以政府谍报组织的身份做的，我还参加了其他组织哦，因为那边的工作我才行动的啦，是一个叫作'组合'的组织。"

"双重间谍吗？真没有新意。"

"这是我的副业哦。因为'组合'的每个成员都有一个可以摆在台面上的身份。"

谍报员转身，打算离开这里。

"我有可能还有工作要委托黑手党，到那时就拜托你啦。"

芥川用锐利的目光盯着谍报员的背影。

"慢着，我想问你一件事。"

听到芥川的声音，谍报员停住了脚步。

"我正在找一个拥有异能的男人，他的异能是'可以使触碰到的对手的异能力变为无效'，你有什么线索吗？"

幕间二.

"好像没有吧。不好意思。"

"那就快消失。"

"好好好。"

谍报员再次迈开步伐，消失在黄昏里。

"……你在哪里，为什么突然消失了？"

在空无一人的道路上，芥川低声自语。"我曾经有一瞬的怀疑，'苍王'会不会就是你。但是我错了。你在哪里，你不可能死掉，一定还活在这横滨的某个地方。"

芥川的话语乘着黄昏的海风，渐渐消散。

"我一定会找到你的。我的老师——前港口黑手党的骨干，太宰先生。"

结幕

我坐在侦探社的办公桌前,"哗啦哗啦"地翻动手册。

"就是这样。这些就是两年前发生的——'苍之使徒'事件的全部经过。"

结束了漫长的讲述,我合上手册。

"这就是国木田先生和太宰先生搭档解决的第一起事件啊。"

在旁边听我讲到最后的谷崎发出了敬佩的声音。

"没错。真是的,那个男人从那之后完全没变过。还是那副目中无人的态度,还是不断给我添麻烦。今天也说着有工作,不知道消失到哪里去了。直美,你追到发信器的信号了吗?"

"结果已经出来了哦。发信器从大约二十分钟之前就没有动过呢。地点是——河里吧。"

河里?

我探头看向直美摊开的地图。

我交给太宰的零钱型发信器,正在河水里处于静止状态。

我沉思了片刻。

"我知道了。那个白痴,在移动的时候突然跳到了河里,让发信器连带钱包一起被河水冲走了吧。然后钱包就被冲到了这个地方,停下来不动了。他本人应该在更下游的地带吧。"

当我用手机与正在搜查的太宰对话的时候,他突然说了一句"好棒的一条河呀"就挂断了电话。我当时还在想他发生了什么事——

那个白痴,他到底想给我这个工作搭档添多少麻烦才算完?

"我去找那个白痴。受不了,我为什么这么可悲,非得在执行侦探工作前去找搭档在哪里啊。"

"路上小心,国木田先生。今天的工作是什么?"谷崎站起来对我说道。

"寻找老虎。我们要去逮捕在横滨引起骚乱的'食人虎'。"

虽然是个麻烦的委托,不过——

过不了几年,他应该就会成为侦探社屈指可数的调查员。

不过,如果是太宰的话,一定能轻易解决吧。

我带着手册走出侦探社。

黄昏近在眼前,横滨的天空被苍蓝与火红一分为二。

远处吹来的风轻拂着鼻端,送来一股熟悉的味道,令我停住了脚步。

眺望整个城市——

有街,有人,偶尔还会有事件与悲伤。

每当碰到沉重的悲哀,我的理想就会遭到冲击,语言失去意义,心在流血。

　　追求理想是一件那么无益又困难的事。

　　然而,我还是——即便如此,我还是——

　　投身于横滨的喧嚣之中,再度迈开了步伐。

后记

初次见面的读者们,大家好,非初次见面的读者们,好久不见了!我是朝雾。

我在漫画《文豪野犬》中负责编写剧本。平时我都是像这样——

太宰:"哎呀阿敦,在工作?辛苦了。"微笑脸的太宰。

敦:"您……您又要投河自尽吗?"无话可说脸的敦。

把句子写得很随便,但是负责作画的春河35老师总是能帮我画出栩栩如生的角色们的对话场景。所以我真的非常轻松。

但是本作就不同了。

所有文章都由我一个人负责执笔,整个舞台——从桌子上的一个杯子,到街上的一位大叔——都由我一个人监修、调整、操控,进而才写成了这部小说。

如果打个比方,那就是在漫画中,由春河老师负责全部"演员""摄影师""音响""照明""场景剪辑"等工作,我负责的部分最多只有剧本和导演助手而已。

而这些内容这次却由我全部负责。这是破格提拔。我的责任十分重大。过于艰巨的任务加上初次写小说的重压,使我的身体像手机的振动模式一样，一直颤个不停。

可是我希望自己的颤抖能够取得成效，让大家欣赏到在某种意义上比漫画还要更加浓厚的《文豪野犬》的世界观。各位觉得如何呢？

这篇小说描写的是漫画《文豪野犬》两年前的故事，相当于外传作品。不过，为了让没有事先看过漫画版的读者看了这篇小说也能觉得紧张刺激，大吃一惊，我在小说里很是下了一番工夫。并且，现在已经预定会出小说版的第二集，故事描写的是在本作中也会登场的港口黑手党的往昔。这份责任和重压导致我现在还在颤抖，甚至都快把暖炉的桌腿抖坏了。我希望能在地板被我抖破之前写完第二集，敬请期待。

最后，我要对漫画责编加藤先生、BEANS的小说责编越川先生，帮我绘制了跟平时一样潇洒漂亮的封面和插图的春河老师（如果没有老师的画作，那么本作就会以《类似于文豪野犬但又有点像山寨风格的某种东西》的形式而告终！），还有宣传、经销、书店的各位工作人员，以及肯赏脸阅读到这里的各位读者道一声谢！真是谢谢你们了。

那么，我们在下一部作品再见吧。

朝雾卡夫卡

文豪野犬

◎原作：[日]新海诚　◎著者：[日]桐山成人

在人生的十字路口，遇见最美好的未来。进入毕业生的备考时光，开启追逐梦想的旅程。

十字路口 in their cases

对未来感到迷茫，无法决定前进方向的海帆。对自幼儿时便离开的父亲，抱有仰慕之情的翔太。在天涯海角的两人，有着不尽相同却意外相似的经历。而不知从何时起，两人的人生发生了微妙的交集。站在两个不同十字路口的人，却因为大学入学考试这一机缘，令他们脚下的路重合了……

定价：25.00元

©Makoto Shinkai/CoMix Wave Films
©2014 Naruto Kiriyama

◎著者：[日] 有川浩

以美味的料理俘虏你的胃！
用甜蜜的爱情捉住你的心！

植物图鉴

河野彩香偶遇饿倒在地的年轻男子——阿树。后来，她与阿树开启了一段有趣且温馨的合住生活。在平淡的生活中，他们一起摘野菜，一起准备饭菜，不知不觉中对彼此的爱慕之情逐渐加深。阿树熟知各种野菜，能将平凡的野菜变为健康美味的料理，因此俘虏了彩香的胃，拉近了两人的心。

定价：39.00元

©Hiro Arikawa 2009

图书在版编目（CIP）数据

文豪野犬.1,太宰治的入社测试/（日）朝雾卡夫卡著；（日）春河35绘；陈玮译. -- 兰州：甘肃文化出版社，2016.5（2023.2重印）
ISBN 978-7-5490-1056-1

Ⅰ.①文… Ⅱ.①朝…②春…③陈… Ⅲ.①侦探小说—日本—现代 Ⅳ.①Ⅰ313.45
中国版本图书馆CIP数据核字（2016）第107212号

原著名：《文豪ストレイドッグス　太宰治の入社試験》，著者：朝霧カフカ，绘者：春河35
Bungo Stray Dogs 1 Dazai osamu no nyusha shiken
©Kafka Asagiri 2014 ©Sango Harukawa 2014
Edited by KADOKAWA SHOTEN
First published in JAPAN in 2014 by KADOKAWA CORPORATION,Tokyo.
Simplified Chinese translation rights arranged with KADOKAWA CORPORATION,Tokyo.
Translation copyright ©2016 by Guangzhou Tianwen Kadokawa Animation & Comics Co., Ltd.
版权合同登记号：26-2016-0005

本书为引进版图书，为最大限度保留原作特色、尊重原作者写作习惯，故本书配情保留了部分外来词汇。特此说明。

文豪野犬1 太宰治的入社测试

[日]朝雾卡夫卡｜著　[日]春河35｜绘　陈玮｜译

责任编辑｜原彦平　顾　彤
特约编辑｜徐嘉悦
封面设计｜罗　健

出版发行｜甘肃文化出版社
网　　址｜http://www.gswenhua.cn
投稿邮箱｜press@gswenhua.cn
地　　址｜兰州市城关区曹家巷1号｜730030（邮编）

印　刷｜凸版艺彩（东莞）印刷有限公司
开　本｜890毫米×1240毫米 1/32
字　数｜146千字
印　张｜7.5
版　次｜2016年5月第1版
印　次｜2023年2月第2次印刷
书　号｜ISBN 978-7-5490-1056-1
定　价｜36.00元

版权所有 侵权必究
本书如有印装质量问题，请与广州天闻角川动漫有限公司联系调换。
联系地址：中国广州市黄埔大道中309号 羊城创意产业园3 07C
电话：（020）38031051　传真：（020）38031253
官方网址：http://www.gztwkadokawa.com/
广州天闻角川动漫有限公司常年法律顾问：北京市盈科（广州）律师事务所